지금은 나를 조금더 사랑할때

# 지금은 나를
# 조금 더 사랑할 때

**초판 1쇄**   2016년 5월 31일

**지은이**   이가희
**발행인**   김재홍
**디자인**   박상아, 이슬기
**교정 · 교열**   김현경
**마케팅**   이연실

**발행처**   도서출판 지식공감
**브랜드**   문학공감
**등록번호**   제396-2012-000018호
**주소**   경기도 고양시 일산동구 견달산로225번길 112
**전화**   02-3141-2700
**팩스**   02-322-3089
**홈페이지**   www.bookdaum.com

**가격**   12,800원
**ISBN**   979-11-5622-164-7  03810

**CIP제어번호**   CIP2016011074
이 도서의 국립중앙도서관 출판예정도서목록(CIP)은 서지정보유통지원시스템 홈페
이지(http://seoji.nl.go.kr)와 국가자료공동목록시스템(http://www.nl.go.kr/kolisnet)
에서 이용하실 수 있습니다.

문학공감은 도서출판 지식공감의 인문교양 단행본 브랜드입니다.

시 와   그 림,  에 세 이 를   만 나 다    |이가희|

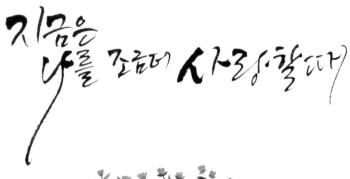

문학 <sup>도서출판</sup> 공감

책머리에

이 책은 그동안 썼던 시와 에세이를 모아 묶은 것이다. 대개는 청탁에 의한 것이기에 시간에 쫓겨 생각의 깊이와 넓이가 얕았음을 고백한다. 작가로서 사물에 대한 뛰어난 통찰력과 시선으로 글을 써야 하는 것이 기본일 것인데 그렇지 못했다.

그동안 시를 쓰고 읽고 만나기보다는 비문학의 새로운 장르를 개척한다고 바친 시간이 길었다. 박사학위를 마치고 관련 책으로 낸 『지식재산 스토리텔링』이라는 책이 바로 그것이다. 이 책은 과학기술분야와 문화예술분야를 융합한 새로운 학문 분야이다. 획기적이고 꼭 필요한 분야라고 평가받을 때마다 힘이 난다. 그러나 아직 뿌리를 내리지는 못했다. 이제 시작이라고 해도 과언이 아니다. 이를 위해 바친 시간들을 후회하지 않는다. 왜냐하면 창작으로 느끼는 희열만큼 새로운 학문을 여는 선구자로서 받는 뿌듯함 역시 그 무엇과도 견줄 수 없을 만큼 크기 때문이다.

만약 그동안 시인으로서 시 쓰는 일에만 몰두했었다 해도 매 순간 기쁨이 찾아오지는 않았을 것 같다. 이 말은 뼛속까지 시인이지 못한 나를 스스로 자책하는 것이기도 하다.

이 글 속에는 나 스스로 삶의 원리에 부합된 명제 속에서 영글게 살아왔는지 반성하는 독백이 많다. 대개는 시대의 우울을 고스란히 반영하여 쓴 것이 많다. 작가의 시선으로 재해석하는 노력에 게으름을 피운 것 같다. 이유는 부족한 나의 문장력 때문이다. 작가들이 글 쓰는 목적에 해당하는 희망의 메시지 전달이라는 측면에서 본다면 내 글은 턱없이 부족할 것이다. 그래도 나는, 이 글을 통해 누군가에겐 작은 울림으로 다가갈지도 모른다는 소망을 담아 세상에 내놓는다. 그래도 역시 벌거벗은 느낌이 들어 부끄러운 것은 사실이다.

그렇게 문장력의 부족함과 배고픔을 어떻게 채울까 고민하던 차에 찾은 것이 화폭에 담긴 그림이다. 자연을 고스란히 담아내거나 형상화 시킨 이 그림들이 때 묻고 서툰 나의 문장들을 완벽하게 보완해 주었다. 순수함, 깨끗함, 계산하지 않는 어린아이의 마음과 같은 자연의 풍경과 색채들이 내 글이 표현하지 못한 여유와 쉼터를 제공해 주고 있다. 난 그 한 폭의 그림이 주는 위대한 감동에 나의 졸작을 실어 덕을 보려 한다. 때로 글을 뒤로하고 그림에만 빠져볼 것을 권한다. 글에서 힐링을 느끼지 못했다면 이 화폭의 순수형상의 그림이 보는 이의 몸을 휘감을 것이다.

한편 생각해보면, 이렇게 새로운 장르에 몰두하다가도 틈틈이 시심에 잠겨 일상의 사물이나 현상에 촉을 세워 시를 쓴다는 것은 그래도 내 몸 구석구석 피돌기 속에 시인의 피가 흐른다는 것을 느낄 수 있다. 그리하여 이제 부끄러움을 뒤로하고 용기 내 조심스레 이 산문집을 내놓는다.

2016 봄날에
이가희

# Contents

# 02 여름을 마시다

# Contents

## 03 가을을 만지다

# 04 겨울을 그리다

1

봄에 취하다

3월은 설익은 봄인가 봅니다. 꼭 눈이 내리더라구요. 봄 햇살에 눈발이 흩날린다면
정말 하늘을 날아가는 흰 나비 떼를 상상하지 않을 수 없습니다.

**"**
반나절
햇살이 와서
깨운다, 노란 꽃 **"**

# 민들레

길모퉁이 퍼질러
앉아 있는 민들레
반나절
햇살이 와서
깨운다, 노란 꽃

그 위에 반 평의 햇살도
퍼질러 앉았다
꽃술 속에 든
나비 한 마리
온몸에
하늘이 묻어 있다

3월이면 그래도 봄의 기운이 충만한 때라 할 수 있을 겁니다. 간혹 산수화가 서둘러 꽃망울을 터트렸다가 그만 꽃기침을 하기도 하지만요. 그래도 아직 3월은 설익은 봄인가 봅니다. 꼭 눈이 내리더라구요. 봄 햇살에 눈발이 흩날린다면 정말 하늘을 날아가는 흰 나비 떼를 상상하지 않을 수 없습니다. 아마 마지막 눈이라는 이유도 있겠지만, 햇살 속에 하얀 풍경은 환상적이라 저절로 감탄사를 나오게 하는 것 같습니다.

김춘수 시인은 "샤갈의 마을에는 3월에 눈이 온다" 하였는데 샤갈의 마을처럼 얼마 전에 나의 마을에도 흰 눈이 내렸습니다. 흰나비떼처럼 수만 개의 날개를 달고 하늘에서 내려왔습니다. 잠시 후에 스르르 다 녹아 사라져버렸지만 3월에 눈이 온다는 사실에 하던 일을 놓고 한참을 바라다보았습니다.

샤갈은 화가로 유명하지만 시인이기도 합니다. 그가 그려낸 마을의 풍경을 보며 또 다른 시인이 시를 썼겠지요. 그런 생각 때문인지 순간 붓을 잡고 싶다는 생각이 들었습니다. 사실 고등학교 1학년까지 미술을 전공하고 싶다며 열심히 데생을 했으니까요. 제법 소질도 있었습니다. 내가 그림 그림은 늘 미술 선생님께 뽑혀 전시되곤 했으니까요. 그래서 마을의 풍경화를 보고 시를 쓰듯, 나의 마을에 내리는 저 아름다운 눈발을 보니 고스란히 화폭에 담고 싶다는 생각이 잠시 들었습니다. 시인이었던 샤갈이 풍경을 그렸던 것처럼 말입니다.

이제 저 눈발을 끝으로 들판이 풍성해지겠군요. 3월의 눈은 풍년이 올 징조라네요. 움츠린 꽃봉오리에게 조금 미안하지만 마음은 따스해지는군요. 3월의 마지막 눈발이 겨울의 자투리를 몽땅 걷어내고 그야말로 완연한 꽃들의 잔치를 불러오고 있다는 걸 저절로 믿게 하는 순간입니다. 저 흩날리는 흰나비떼들이 봄을 가득 몰고 오나 봅니다.

# 매화꽃이 필 무렵

저 탱탱한 젖꼭지 같은 꽃망울
겨우내 뜨거움 감추고 있었을 뿐이지
어둠 속에 묻어 둔 봄의 숨소리
이제 깨어나라는 봄바람의 속삭임에
꽃잎들 금세 확 피어나고 있다
저기 도톰한 꽃봉오리 보드랍게 부풀도록
햇살도 마시멜로처럼 늘어졌다
연한 꽃향기가 흐르는 봄밤,
차갑던 추억이 거짓말처럼 잊혀지고
허연 달빛도 고양이처럼 조심스레 걸어가고 있다

그 어린뿌리들이 겨울의 삭풍을 견디며 안간힘을 다해 꽃잎을 피운다는 게 이제 마음으로 느껴져 충분히 알 것 같습니다.

66 어둠 속에
묻어 둔
봄의 숨소리 99

봄이 그냥이야 오겠는가! 그렇진 않은 것 같습니다. 경칩이 지났다 싶어 산에 올랐더니 누런 낙엽 사이로 연두빛 어린싹이 뾰족뾰족 돋고 있습니다. 엊그제까지만 해도 춥다 춥다 했는데 그새 봄인가 봅니다. 냉이도 있고 잡풀 속을 헤쳐 보면 쑥도 있고 햇살 잘 드는 쪽에서는 제비꽃도 보이는군요. 저기 남도의 섬진강을 따라 봄이 올라오고 있나 봅니다. 어디쯤은 산수유 꽃이 피었겠지요? 해자락 닿는 곳마다 봄꽃나무들은 꽃망울 부풀리고 있었나 봅니다. 산에서 내려오는데, 낙엽이 수북이 쌓인 길섶에 노란 꽃이 보였습니다. 아! 떨림, 떨림이었습니다.

저 꽃을 만나기 위해 산에 오른다는 사진작가가 생각났습니다. 그분의 앵글에서 빛났던 꽃이라 이름은 금방 알았습니다. 복수초. 한 줄기 바람에도 금세 꺾일 것 같은, 그 조그맣게 꽃을 피우고 있는 것이 왜 그리 뭉클한지. 하도 기특해서 쪼그리고 앉아서 한참 보았습니다. 거친 겨울을 뚫고 나온 이 노란 희망 같은 꽃잎이 왜 그렇게 애틋하던지요.

철부지 같은 어린싹이, 참 죽을힘을 다해서 꽃을 피우고 있다는 생각에 이르자 마냥 따스한 봄날만 기다리던 내가 부끄러웠습니다. 꽃잎 하나 피워낸다는 것이 얼마나 안간힘을 쓰는 건지 오늘 만난 복수초를 보니 알 것 같았습니다. 그냥 얼음이 녹아 따스해지고 다들 꽃 피우니까 저도 꽃대 올리나 보다 생각했는데 그것이 아니었습니다. 그 어린뿌리들이 겨울의 삭풍을 견디며 안간힘을 다해 꽃잎을 피운다는 게 이제 마음으로 느껴져 충분히 알 것 같습니다.

왜 매번 다가오는 봄이 이번에는 다를까요? 왜 쿵하고 가슴부터 와 닿는지 모르겠습니다. 늙은 소나무 둥치에 돋은 새순도 왜 그리 신통해 보이는지, 이거 무슨 조화인지, 이거 나의 올봄이 심상치 않습니다. 이 봄, 내 온몸을 전율처럼 흐르는 떨림, 이 떨림을 즐기리라 다짐해 봅니다!

# 3월, 그리고 식장산

햇빛과 바람이 차려놓은 길, 식장산
차운 바람 뚫고 솜털 같은 3월의 햇살들
얼마나 저 산길을 수시로 들고났으면
산자락마다 봄물 들어 싱그러워졌을까

숲은 얼었던 뼈마디 풀고
연두빛 새순을 틔워 함께 새 알을 키운다

송신탑 아래 어린 떡갈나무
봄바람의 속삭임
귀 쫑긋 세우고 들더니
어느새 연두 손가락을 편다
가지 사이 둥지 속 새알들도
햇살에 등이 간지러운지
작은 금이 생기며 들썩인다

곧 등선을 타고 초록의 연주 위에
날아드는 것들 가득하겠다

아마 또 다른 길이 나타나도 다가가지 못하고 외면할지도 모르지요.
아름다운 이별을 위해 자신을 내려놓고 돌아보는 것이 필요합니다.

    아름다운 한순간이 지나면 수순처럼 헤어짐이 오나봅니
다. 그래서 이별은 누구나 힘든 상처로 남는가 봅니다.
    우리는 새로운 사람과의 만남, 새로운 계절에 대한 만남,

또 다른 길에 대한 만남 속에서 인생을 살아갑니다. 태생적으로 만남은 이별을 달고 태어나는지 새로운 만남을 위해서는 지나온 곳에 대한 많은 것들과 이별을 해야 하는 거지요.

한 계절과 추억, 사람들과의 헤어진 아픔을 쟁여야 내 앞에 또 다른 만남이, 그리고 새 길이 열린다는 것을 쉰 살이 넘어가니 깨달아 가는 것 같습니다. 만나서 영원이란 있을 수 없기 때문이겠지요? 아름다운 시절도 한순간 지나가면 헤어지는 것이고, 우리의 인생도 백 년을 넘지 못하는 경우가 허다하니까요.

만남은 쉽게 오지만 헤어지는 것은 마음 단단히 먹고 준비를 해야 하더군요. 이별은 누구나 힘들고 상처이기 때문이죠. 이별 없는 만남만 존재한다면 얼마나 좋을까요. 그런데 달리 생각해보면 이별이 상처가 되는 이유는 헤어짐에 대한 준비나 연습이 없기 때문이라고 하더군요.

만남이 소중하게 기억되려면 헤어지는 방법을 잘 알아야 한다고 하네요. 그래야 또 다른 길이, 만남이, 관계들이 새로운 모습으로 아름답게 오기 때문이라고 합니다.

그래서 헤어짐에도 기술이 필요하다고 합니다. 사람들은 대부분 아름답게 헤어지는 방법을 모릅니다. 물론 나도 그렇습니다. 특히 더 미숙하고 못하는 편입니다.

누구와 헤어지려고 했다면 그 사람에 대해 평가하지 말

아야 한다고 합니다. 지나온 시간이 대해, 그리고 그간의 만남에 대해 하나하나 지적하고 후회하고 부정한다면 이 또한 얼마나 슬픈 일인가요! 그렇다면 다가 올 새로운 만남이 더 이상 설렘이나 떨림이 없을 겁니다.

아마 또 다른 길이 나타나도 다가가지 못하고 외면할지도 모르지요. 아름다운 이별을 위해 자신을 내려놓고 돌아보는 것이 필요합니다. 그리고 그 이별의 원인을 알 수 있을 때까지 침묵하면 보일 것입니다. 그러면 또 다른 길이 다가오겠지요.

우리는 다소 성숙하지 못한 미숙한 삶을 살아간다지요. 새봄을 맞이하며 나에게 또 다른 새 길이 열린다면, 묵은 감정은 내려놓고 새로운 만남을 위해 아름답게 헤어진다면 보다 숙성되어 발효된 삶을 이 봄, 맞을 수 있으리라 믿으려 합니다.

# 자전거 수리점

금산 그 골목 끝,
알루미늄 새시문 경계로
다른 세상처럼 떨어져 앉아있는
오래된 자전거 수리점

고장 난 자전거 병명은
예나 지금이나 흔하디흔한 '타이어 빵구'
나사 헐거워지자 튜브가
내장처럼 흘러나온다

상처는 늘 할 말이 많다

구멍 난 곳 주무르자
물먹은 튜브는 신음소리 낸다
제 상처인 양 조심스레 혀끝 가져다 댄 진노인,
아픈 자리 곰풀로 메우고
새바람 불어넣어
튜브 탱탱하게 일어난다

그 바퀴가 굴러간 길
봄물 올리듯 생기 돈다

충남 금산의 골목 끝에서 그의 가게를 찾는 것은 어려운 일이 아니었습니다. 오랫동안 자전거 수리공으로 일하시는 진화갑 할아버지.

　50년 전 점포와 오늘의 골목이 알루미늄 새시문을 사이에 두고 다른 세상처럼 떨어져 앉아 있었습니다. 그는 수십 년을 넘나드는 경계에 앉아 자전거를 매만지는 것 같았습니다. 백만 년 전으로 몸을 구부려 그 시절 공구통을 꺼내 들고 오지요.

　자전거 병명은 예나 지금이나 흔하디흔한 '타이어 빵구'. 그는 빤질빤질 윤이 나도록 닳은 공구통에서 녹슨 공구를 잡아내어 자전거의 몸을 엽니다. 나사가 헐거워지자 튜브는 내장처럼 흘러나옵니다. 기운을 잃고 늘어지는 녀석을 어루만져 환부를 찾습니다. 쉽사리 제 아픈 곳을 말하지 않는 놈을 위해 세숫대야에 물을 담아 가져옵니다. 튜브를 물에 넣고 몸을 주무르자 상처 난 틈으로 물을 먹은 녀석이 뽀글뽀글 신음소리를 냅니다. 제 자식의 상처인 양 환부에 혀끝을 조심스레 가져다 댄 그는 그 자리를 곰풀로 메우고 통통통 새바람 불어넣습니다. 튜브 탱탱하게 부풀자 자전거 바퀴가 굴러가는 길이 생기가 도네요.

　부품조립으로 탄생한 자전거는 내 몸과 내 마음처럼 한 번 제대로 맞춰 살지 못했는지도 모릅니다. 그래서 이 낡은

점포를 떠나지 못한다고 그 노인 담배연기처럼 피어오르듯
일을 합니다. 그를 보니 내 몸에 난 구멍을 때워 줄 새 곰
풀이 필요하다고 말하고 싶어집니다.

# 신탄장, 봄날에

신탄진 철로 다리 밑,
노파가 고추 모종을 팔고 있다
비닐 모종컵에 제법 잎을 피워낸
어린 고추 모종들
봄 햇살을 싱싱하게 진열하고 있다

다리의 낡은 철근 골조에 번지는
붉은 녹을 어린 모종들이 바라보고 있다

다리 밑은
확장공사가 한창이라
모종컵들 불안하다
기적소리에 뿌리가 쫄아든다

뿌리를 내리고 싶은 것들과
뿌리가 뽑혀야 할 것 사이
푸른 이파리 흔들리자
곧 철거될 다리 입구가
잠깐 동안 환해진다

봄날, 저녁 햇살을 등지고 하루를 접는 신탄진 장터 사람들은 보기만 해도 싱싱합니다. 그 장이 파장할 때 일어나는 부산스러움을 저는 좋아합니다. 늘 정갈하게 정돈하고 틀에 갇혀 살아야 하는 우리에게 불규칙한 여유의 틈을 주는 것 같아 가끔 오일장을 찾아 시장을 서성입니다.

비록 일 년에 몇 번 오일장을 기웃거리는 이방인이지만 장터에서 만나는 그 할머니의 눈빛, 전대를 차고 열심히 주차요금을 받으러 달리는 할아버지의 모습에서 생기를 얻고 그 분주함을 보고 나태함을 반성합니다. 열심히 살아가는 그 장터의 눈빛들은 너무나 가벼운 우리를, 바싹 메마른 우리 가슴을 따뜻하게 데워주는 걸 압니다. 흥정소리가 봄물처럼 푸른 마음으로 채워줍니다.

몇 년 전에는 신탄장이 열리는 기찻길 다리 밑의 도로 확장공사가 한창이었습니다. 봄에 만난 그 다리 밑에 진열된 어린 모종들이 왠지 지금까지 아른거립니다. 공사장 옆에서 떨고 있던 뿌리들. 그러나 그 불안한 어린뿌리들이 이 여름을 지나며 짱짱하게 열매를 키우고 익어 가리라 믿습니다. 철로길 아래 어린 모종들, 이젠 어엿한 열매가 되어 다시 이 신탄진 장터에 진열되었을지도 모릅니다. 그런 어린뿌리들이 자라 늙은 호박으로, 속이 꽉 찬 배추로 진열되었을 겁니다. 보세요. 천둥과 번개 몇 개를 맞고 자랐을 저 알 굵은 대추도 튀어 오를 듯 탱탱하게 진열되어 풍요의 가을날을 선물해주잖아요. 그런 풍경은 보는 것만으로 눈이 환해집니다. 그렇게 봄날이 가고 여름을 쟁여 가을의 문턱에 들어서는 거지요. 오늘따라 봄빛이 탱탱하게 영글어 가는 것을 느낍니다.

봄이면 씨를 뿌리는 싸움이고, 때로 갯바위에서 파도를 맞이하는 싸움이고,
겨울이면 산속에 홀로 된 자신을 키우는 싸움을 합니다.

66 기다림으로
피어나는
연두빛 새싹 99

# 순천의 봄

순천의 봄은 늘 서둘러온다
어린 보리가 서툰 봄 향기를 맡고
파릇하게 돋아나면
논두렁 밭두렁 병충의 알을 태운다, 늙은 노인
그때마다 노인의 거친 손바닥엔 죽지 않고
달라붙었던 자투리 겨울도 탄다
한때 노인의 농토는 소금밭이었지만
이제는 제일 먼저 봄이 찾아와
푸른 싹들과 함께 염습지를 점령한다

이제 노인은 먼저 안경알을 닦아
쟁기 끌어줄 소들의 코뚜레를 손질할 것이다
어미 소 따라 나온 새끼의 고운 솜털을 타고
논두렁 밭두렁 봄물 들어 금세 싱싱해지겠다

곧, 노인의 안경알 푸르게 반짝이겠다

시를 쓰는 것을 싸움이라고 표현합니다. 그러나 그 싸움은 승패를 가르는 싸움은 아닙니다. 끝끝내 승패가 없는 것이지요.

봄이면 씨를 뿌리는 싸움이고, 때로 갯바위에서 파도를 맞이하는 싸움이고, 겨울이면 산속에 홀로 된 자신을 키우는 싸움을 합니다. 모두가 사랑을 꿈꾸게 하는 싸움이지요. 누구나 그 싸움을 본 사람은 가슴이 뭉클할 사랑이 올라오기에 시인은 시를 쓰는 싸움을 멈추지 않나 봅니다.

시를 쓰며 싸우는 싸움은 싸워 이기는 자도, 싸움에서 진 패자에게도 모두가 흥건히 가슴에 남는 것들이 있습니다. 겨울을 버티는 버드나무 이야기는 눈물겹습니다. 이제는 궁금하기도 하구요. 얼음장 밑에서 봄눈 부풀려 올리며 가장 먼저 겨울을 밀고 들어온다는 버드나무. 지금쯤 이 버드나무의 봄눈이 겨울과 아주 치열하게 싸우고 있다고 미리 짐작하게 합니다.

그러나 버드나무를 바라보는 싸움 역시 승패를 가르는 싸움이 아닙니다. 안 그러면 어떻게 그리 연한 솜털 보송보송한 새싹을 피워 올리겠습니까? 차라리 겨울바람 앞에서 져주는 것이 좋은 거지요. 패배가 힘이라는 지혜를 얻는 기회일지도 모릅니다. 기다림으로 피어나는 연두빛 새싹의 힘은 대단합니다.

이제 엄혹한 겨울이 거의 다 지나가고 있군요. 다시 계절을 바꾸어 싸울 준비를 해야겠습니다. 나도 겨울 코트도 벗어야겠어요. 경칩을 지났으니 때가 되었지요?

# 과식

너무 많이 먹었다!

봄 햇살, 봄바람, 봄비, 봄꽃, 봄나물까지

내일은

수척한 몸과 시린 마음이

초록빛으로 통통하게 살쪄 싱그러워지겠다

봄을 준비하는 소리는 또 다른 생명을 준비하는 것이기에 신성합니다.

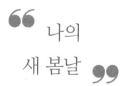 나의
새 봄날

한 생명이 나오려면 우주 만물이 다 함께 회임해야 한다는 말을 들어 보신 적 있으시지요? 특히 겨울을 지나보니 '다 함께 회임'이라는 단어의 깊이가 어느 정도인지 느껴집니다. 겨울에는 강물이나 작은 연못조차도 봄에 태어날 생명들을 위해 다 같이 준비를 합니다.

작은 웅덩이도 쩡, 쩡, 몸 트는 소리를 내고, 땅속에 묻힌 김치를 채운 김장독은 배 부풀리며 익는 소리를 내고, 어린 고양이도 등을 구부렸다 펴며 새 털을 고르고 뼈마디를 키워 새봄을 준비하지요. 얼음장 밑에서 헤엄치는 송사리들은 어떤가요? 지느러미가 더 선명하게 굵어지는 것이 바로 가장 차가운 겨울에, 어둠 속에서 소리 없이 은밀하게 꼬리를 흔들기 때문 아닐까요? 봄을 준비하는 소리는 또 다른 생명을 준비하는 것이기에 신성합니다.

우리는 어머니의 자궁을 빌려 태어나지만, 실은 비존재의 저 캄캄한 우주 속에서 다 함께 잉태되어 사랑의 손길이 닿았을 때 세상과 만나는 것이라 하더군요. 무릇 생명이란 우주 만물의 축복과 조력을 받으며 나오기 때문이라고 한 시인은 설명을 덧붙였습니다. 그래야 생명이 얼마나 소중하고 값진 것인지 알고 받아들이겠지요?

오늘처럼 한밤중에 함박눈이 조용히 꺼붓는 날, 아마도 어딘가에서 누군가는 죽고 누군가는 새로 태어나고 있을 겁니다. 조용히 몸 풀고 생명을 탄생시킬 준비를 열심히 하는 중이지요. 나의 새 봄날을 그려보는 눈 내리는 날입니다. 그리고 어느새 농익은 봄 햇살을 배불리 먹은 들판도 그려봅니다.

# 바람의 길을 따라가다

두 평, 베란다를 개조하여 화단을 만들었다
땅이 생겼다는 것은 꽃을 피울 수 있다는 것이다
부드러운 흙에 영양토를 뿌려주니
새 뿌리들 영토 넓혀가며 튼튼해졌다
햇살 눈부신 날이며 어디선가 나비 날아들어
신혼의 봄날이 올 것 같았다
화사하게 꽃대 올리고 향기 짙어갔다
물을 뿌릴 때마다 햇살은 무지개를 만들었다
아마릴리스가 화끈하게 피었을 때 이름표도 달아주었다
복수초, 금낭화, 수선화, 팬지까지
작은 꽃들은 나에게 미소 지으며 봄날을 노래했다

그러던 어느 날부터
꽃나무들, 햇살 비추는 창문 쪽으로
일제히 고개 돌려 해바라기가 되었다
모두 태양의 눈을 따라가고 있었다
바람의 길을 걷고 있었다

내가 뿌려주는 물은 꽃나무를 키우지 못했다
영양토가 햇살의 그리움을 막지 못했다
어느 날 배신감에 못 이겨
꽃나무들의 돌아선 등만 바라보다 지쳐
나를 외면한 그 뿌리들을 모조리 뽑아버렸다

멀리 조류독감이 강을 건너고 있었다

물렁뼈라도 좋아요. 나는 지금 흔들리는 나를 지탱해 줄 뼈마디가 필요하거든요. 특히 오늘 같은 고백을 할 때는 더욱 냄새를 피우며 너스레를 떨어야 합니다.

내가 아주 좋아하는 신용묵 시인은 "닿을 수도 없는 바람에게서 뼈마디를 찾았다"고 했습니다. 아마도 그것은 그냥 흔적 없이 흩어지는 말의 허기를 빗대어 이야기하는지도 모르겠지만 그의 눈이 그 너머를 보는 시선을 가졌다는 것을 시를 읽다 보면 알 수 있습니다. 햇살과 바람의 흐름에서 견고한 물질로 박혀있는 뼈마디를 발견하다니 그의 상상력이 놀랍지 않은가요?

그가 말하는 햇살과 바람은 무엇일까요?

어느 평론가는 그가 바람 속에서 흔들리는 것들을 쓰다듬고 어둠 속을 환히 밝히는 햇살을 온몸으로 받아들이고 시간의 은유를 뼈마디처럼 매만져 시를 쓰는 것 같다고 말했습니다. 나는 그런 평론이 그대로 전달되기, 읽히기보다 그 흔들림의 전부를 바람이라는 흐름에서 발견한 그의 저 발칙함을 좋아하는 것입니다. 나뿐 아니라 글 쓰는 사람이라면 어찌 반하지 않을 수 있을까요. 그런 이유로 나는 반했습니다. 한 번 얼굴을 본 적도 없고 겨우 두 권의 시집으로 만난 것이 전부지만 나는 그가 휘두르는 햇살과 바람의 뼈마디 여행에 흠뻑 취했으니 말입니다.

죽음의식을 과하게 표현하지 않는 그의 절제력, 보기 민망한 나르시스의 모습이 보이지 않는 그 젊은 작가의 깊이에 내가 얼마나 반했겠습니까. 그렇게 그는 처음부터 감정의 속도위반이나 감정 번복으로 사기를 치지도 않았고, 아주 천천히 햇살과 바람의 뼈마디로 읽는 이에게 위안을 주었습니다.

나는 나 스스로 서정시인이라 말합니다. 내 삶의 지나온 길들을 열심히 반성하고 숙성시키길 원하기에 스스로 발효시인이라 말합니다. 서정시의 오랜 본령이 경험적 실감이나 성장과정이니 그 안에 들어있는 상처와 내적 어둠을 내가 얼마나 심오하게 들려줬는지 내 글들을 돌아봅니다. 그리고 나를 관찰했던 수많은 친구들의 요구를 잠시 멈춰 들어봅니다.

주변의 타자들에게 시선을 돌릴 줄 알아야 하고 그들의 삶을 관찰하고 복원하여 그의 어두운 젊은 날의 흔들림에 관한 뼈아픈 삶의 폐부를 섬세하게 그릴 줄 알아야 한다는 문학 선배나 스승의 목소리가 요즘은 더욱 선명하게 들려오는 것 같습니다. 두 번째 시집을 낸 후 글에 대한 정체성이 흔들리는 걸까요?

오늘 같은 날, 조수미의 오페라나 신영옥의 소프라노에 취하면 와인보다 더 크게 위로를 받을 것 같습니다. 가장

신경질적으로 뒤틀린 내 마음을 어루만져줄 오페라가 필요합니다. 아니면 아무런 효과음이 전혀 없는 첼로의 나지막한 연주가 흘렀으면 좋겠습니다. 금방 울어버릴지도 모르는 내 어깨를 토닥토닥 두드려주는 저 신용묵 시인의 바람의 흔들림을 어루만지는 손길이 오늘따라 그리운 날입니다.

## 2

여름을 마시다

 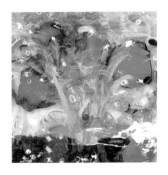

# 빗방울은 그리움 싣고

그냥 후두둑 지나가는 소나기 정도에
다시는 젖어 떨지 않으렵니다.
당신의 부재로 축축한 내 몸은 아직도 떨고 있는데
저렇게 다시 비를 만납니다.
그 빗줄기는 그냥 내 상실의 나날들을 지나쳐 갔고
후두둑 내리다 그칠 것이라고 위안합니다.

당신이 없어도
아직은 견딜 수 있습니다.
정말 괜찮습니다.

장맛비 퍼부어도
내 그리움에 귀 기울인 빗방울 하나쯤은
당신의 아득한 눈썹 위로 떨어질 것이라 믿습니다.
가슴에 닿으리라 생각합니다.

빗방울들, 내 그리움 싣고 당신께 흘러갈 테니까요.

기다란 생각의 그림자를 태우며 창문 위로 퍼지는 햇살을 바라보고 있습니다. 베란다에 널어둔 크고 작은 빨래들이 햇살을 막고 시커멓게 그림자를 늘어뜨리고 있습니다. 아직도 새집이 낯설어서일까요? 몸뚱이가 빠져나간 빨래들이 옷걸이에 목 매여 널려있는 것이 마치 낯섦을 지켜주는 문지기같이 느껴집니다. 낯설다는 것은 때로는 존재감을 찾기 힘들게 하는군요.

43층의 풍광이 어떤지 다들 궁금한가 봅니다. 이사 한 후 갑자기 찾아온 친구들과 수다를 떨다 보니 낯섦과 부재라는 단어가 내 머릿속을 떠나지 않습니다.

창밖의 그림 같은 풍경을 두고 이렇게 두꺼운 커튼이 웬말이냐, 해 먹는 것도 없으면서 부엌살림만 늘어났다는 둥, 저 금강 얼음이 풀려 버들강아지 연두 물기 가지 끝에 머금으면 먼저 봄소식을 알리라는 둥, 좋겠다! 좋겠다! 친구들이 감탄사를 쏟아냈습니다. 그것도 잠시 그녀들은 짧은 순간 내 집을 속속들이 해부해 버린 후 함께 오지 못한 친구 이야기를 했습니다. 남편을 심장마비로 먼저 보낸 후에 거의 외출을 안 해 그 친구를 본 적이 없다는 것입니다. 전화도 안 받고 먼저 연락을 해오는 경우는 더욱 없기에 모두 소식을 궁금해 하던 중이었습니다.

내가 알기에 그 친구는 유난히 남편을 의지했던 것으로

기억합니다. 때로는 과하다 싶을 정도로 남편 자랑도 했어요. 남편이 없으면 자신은 아무것도 못 할 것 같다고 고백하곤 했으니까요. 그렇게 남편에게 모든 것을 기댔기 때문인지 충격이 다른 사람보다 더 컸을 거라는 게 친구들의 걱정이었습니다. 순간 아이들의 눈망울이 떠올랐습니다. 지금은 고등학생쯤 되었을까? 그 아이들은 아버지의 빈자리를 어떻게 견디고 있을까? 그리고 홀로서기로 낯선 길을 가는 친구가 걱정스러웠습니다.

나이 탓인지 나 역시도 요즘엔 고뿔도 심심찮게 찾아오고 몸이 자주 고장 나는 것만 같아요. 주변에는 아예 부재가 되어버린 일이 왕왕 일어난다는 것을 이제야 깨닫고 있습니다.

잠깐의 만남이 남기고 간 그녀들의 세상 사는 이야기, 손때 묻은 살림살이, 아줌마의 눈가주름들이 내 식탁과 거실 소파에 아직도 따뜻한 온기로 남아있습니다. 그녀들이 남기고 간 커피잔과 빈 그릇들을 바라보며 살아온 나날을 더듬어 봅니다. 나도 이제 아무 생각 없이 살아가다 뒤통수치며 다가오는 슬픈 일들을 맞을 나이가 되었나 봅니다.

금빛 햇살 아래 봄소식 안고 연두빛 눈망울 터뜨리는 나뭇가지를 보면 그녀들을 얼른 다시 불러야겠습니다. 삶이 탄생과 소멸의 연속이라지만 사람의 빈자리는 이렇듯 늘 아

립니다. 싸움닭처럼 좀 거칠게 달려오는 삶일지라도 내가
살고 있는 이 순간이 소중한 것이지요. 내가 없는 무대는
의미가 없지요. 홀로 추운 겨울 속에 서 있는 그녀의 마음
에 조금 일찍 봄이 왔으면 좋겠습니다. 오늘따라 겨울 햇살
이 느리게 강물을 건너가네요. 그래도 얼음장 안에서 뿌리
들이 실눈을 뜨고 기지개를 켜리라 믿어 봅니다.

# 그 섬, 나문재로 가라


나만의 섬 하나 갖고 싶다면 나문재로 가라

안면도 해수욕장 77번 국도 어디쯤
내비게이션마저 길을 잃을 때
염부 너머 바람만 데리고
둑방길 걷다 보면
비로소 가 닿을 수 있으리, 나문재

아득하다 못해 은밀한 곳에 떠 있는 쇠섬
때로 일몰의 깊이에서 서해 바다는,
석양빛에 탁본 된 6만6000제곱미터 섬 하나
저녁마다 붉게 구워낸다

펜션의 지붕 위로 별빛이 하염없이 쏟아지면
나는 소라껍데기 전등 아래서
딱딱하게 굳은 내 일상의 각질을 벗겨내고
별빛 박힌 보석 섬 통째로 가슴에 심는다

내일은 섬에 쟁여둔 예쁜 추억을 대출받아
어떻게든 저 노을과 별빛을
나의 소유로 등기 내고 문패를 걸어야겠다

스스로 여행가 기질이 있다고는 한 번도 생각해본 적이 없습니다. 여행가이기에는 모험을 두려워하고 겁도 많고 특히 낯섦을 견디지 못하는 성격입니다. 나는 익숙한 장소에서 오는 편안함을 즐기는 편입니다. 혹여 여행을 가더라도 평생 살아가면서 다시는 못 올지도 모른다 생각하면 그 여행의 가치 때문에 교통편이나 숙소의 안락함 정도를 중요하게 생각하지요.

그리고 짧은 시간에 여러 곳을 다니는 것보다 한 곳에 충분히 머물며 그곳의 문화와 풍경 그리고 습관까지 젖어보고 싶어 합니다. 어찌 보면 나는 여행보다는 칩거가 더 어울리는지도 모릅니다. 그런데 왜 날이 갈수록 사람들이 심드렁해지고 이 안에 고인 물들이 지루하다고 느끼는지 모르겠습니다. 새로운 무언가를 찾아 떠나야 한다는 생각이 요즘 자주 들어 나에게 질문을 던지곤 합니다.

주말이면 늘 일상을 떠나 어디론가 여행을 가는 남편 때문에 두세 시간 짧은 거리의 여행은 자주 합니다. 아니 일요일마다 우리나라 곳곳을 풍경을 찾아, 맛을 찾아 탐닉하러 다니고 있지요. 지금처럼 꽃이 만발하는 봄은 정말 여행 가방을 챙기는 것만으로도 설렙니다.

남편은 이것을 어쩌면 우리가 함께 설어가는 삶에 바치는 최소한의 추억 쌓기거나 예의라 믿는 거 같습니다. 그렇기에 꼭 어디론가 떠나야만 한다는 갈망 같은 것은 없습니다. 나에겐 잠깐 눈을 감으면 언제든지 꺼내 볼 수 있는 여행지의 추억들이 사진 속에, 기억 속에 생생하게 저장되어 있기 때문입니다. 사람들은 누구나 떠나고 싶어 하고, 또 떠난 사람은 누구나 제자리로 돌아오고 싶어 하는 귀소본능이 있나 봅니다. 정말 돌아올 곳이 없다면 떠날 수 있을까 하는 생각도 듭니다. 그렇다면 떠나고 싶은 것은 돌아오기 위함이 아닌가 싶어요. 떠나보면 나의 자리가 다른 의미로 느껴질 것 아닌가요.

　나의 일상, 내 가족, 늘 잔잔하게 흐르는 것이 때로는 지루하더군요. 고여 있는 이 현실이 더 싱그러워지고 아름다워지려면 떠나는 결단이 필요한 것 같습니다. 나를 더 잘 알기 위해 내일로, 그리고 낯설지만 정신적으로 성숙하기 위해 먼 곳으로 여행을 떠나야 합니다. 그것은 나를 또 다른 모습으로 발효시켜 아름다운 나의 자리로 되돌아오기 위함이라는 걸 압니다. 이제 또 다른 길로 가기 위해 여행 가방을 꾸려야겠습니다.

우리 엄마의 걱정처럼 나도 우리 딸이 무조건 걱정되고 보고 싶은 것이 아마도
나 역시 딸내미에게는 신을 대신해서 보낸 선물인가 봅니다.

내가

# 수덕사, 빗속에 갇히다

오늘따라 수덕사 뒤뜰에
그리움 가득 실은 빗소리 차오릅니다
나는 지금도 108일 동안 쌓은 추억의 계단을 따라
지울 수 없는 당신의 흔적을 꺼내봅니다
그대 이제 내 곁에 없지만
내가 받아들인 마지막 사랑이라 믿기에
더 이상 울지 않아요
저기 흔들리는 풍경소리 노 저어
지금이라도 당신에게 갈 수 있다면 얼마나 좋을까요
함께 가지 못 할 길이기에
너무나 짧아 맺지 못한 사랑이기에
이제는 당신을 떠나보냅니다
그냥 못다 한 말 대신에
저 댓잎 끝에 맺힌
이슬방울 한 스푼 떠
우리의 마른 추억을
촉촉이 적시고 싶을 뿐입니다
오늘은 비 내리는 수덕사 뒤뜰에 섰으니까요

가끔 신이 나를 어떻게 생각하는지 궁금할 때가 있습니다. 신의 사랑이 너무나 막연하기 때문입니다. 손에 잡히지도 않고 눈에 보이지도 않는 그 추상적이며 관념적으로 보이는 신의 사랑은 인간에게 늘 허전함을 주는 것 같습니다. 그런 나를 위해 늘 기도하는 친정엄마가 생각납니다. 아무리 행복한 미소를 지어 보여도 엄마는 늘 나에게 물으십니다.

"정말 잘 지내니? 별일 없니?"

아무 일도 없고 잘 지낸다 해도 재차 확인하십니다. 쉰 살 넘어 딸이 느끼는 삶의 허전함을 알아채신 걸까요? 엄마는 당신의 걱정보다는 딸의 심드렁한 목소리로 뭔가 금방 알아채시는 것 같습니다.

백내장 수술을 하지 않은 한쪽 눈이 많이 불편해지셔서 수술 날을 고르고 계셨습니다. 사위에게 시간적 짐을 지우지 않으려 이것저것 물어보십니다. 나는 그렇게 눈치를 보는 엄마한테 짜증 부리며 당장 내일이라도 수술을 받으시라고 톡! 쏘아붙이고 이내 후회합니다. 왜 그리 눈치를 보시느냐고!

『탈무드』에서 읽었던 말이 떠오릅니다.

"신이 너무 바빠 자신을 대신해서 인간에게 어머니를 주었다."

신이 진정 나를 사랑하는 방법으로 나에게 엄마를 보내주셨나 봅니다. 그런데, 그런데 이 글을 쓰다 보니 왜 미국에 있는 딸내미가 보고 싶은지 모르겠습니다. 또 울컥 치밀어 올라 울게 생겼습니다. 우리 엄마의 걱정처럼 나도 우리 딸이 무조건 걱정되고 보고 싶은 것이 아마도 나 역시 딸내미에게는 신을 대신해서 보낸 선물인가 봅니다.

　엄마는 쉰 살 넘은 나를, 나는 딸 때문에 이렇게 울컥울컥하니… 이게 무슨 조화인지 모르겠습니다.

# 능소화꽃

당신은 축축하게 젖은 그리움이
7월 말 장마 빗속을 뚫고
명치끝을 건너갈 즈음
아우내 장터 담장 위에
황홀한 주홍빛으로 피어났다
만세소리 쟁였던
유관순 누나의 핏빛 절규처럼 피어났다

태양에 데인 자리,
붉은 흉터의 꽃이더냐 능소화꽃,

한때는 뜨거움이 전부였으므로
명예로운 순간이라면
목숨이라도 기꺼이 던지리라

그것은 가장 아름다운 순간만 지키는 길,
통째로 생을 버려 명예로움만 가질 수 있기에

저 거친 장마 끝에 잠시 눈부시게 피었다가
꽃잎 하나 시들지 않게 떨어져 내리는 것이다

그 능소화꽃, 유관순 누나 닮았다

세상의 아픔도 그 떨어진 꽃잎만큼 많다는 것을 알지 못하는 아이를 보며
나는 진도 바다를 생각합니다.

　참 곱게 머리를 묶은 꼬마였어요. 그 어여쁜 아이가, 세
상의 때라곤 한 점 티끌도 묻지 않은 아이가 바닥에 떨어
진 능소화를 줍고 있네요. 이 싱싱하고 예쁜 꽃이 왜 땅
에 떨어졌을까 질문하면서 꽃을 양손 가득 줍더니 이내 그
것을 꽃나무 그늘 한곳에 모으더군요. 그리고 마치 떨어진

꽃들의 무덤이라 여겼는지 그곳을 향해 작은 손을 모아 기도를 합니다. 슬픔이라는 것을 겪어보지 않았을 꼬마 눈에도 너무나 아름다운 꽃이 뚝뚝 떨어진 것이 가슴 아픈 모양입니다.

세상의 아픔도 그 떨어진 꽃잎만큼 많다는 것을 알지 못하는 아이를 보며 나는 진도 바다를 생각합니다. 한 번 떨어져 나온 자리로는 다시 돌아갈 길이 없다는 것이 저 떨어진 능소화꽃만은 아니라는 것을 너무나 깊이 알게 하는 세상에 내가 살고 있으니까요. 참 비참하고 서러운 일입니다.

우리는 이처럼 세상의 어긋난 아픈 뼈들을 무슨 수로 어떻게 다시 일으켜 세울지 혼란스럽습니다. 부패로 몸져누운 우리 사회의 슬픈 이력서들! 그렇게 아까운 젊은 생명들을 침몰시켰으니… 그들에게 어떻게 용서를 구해야 할까요? 한 번 떨어져 나온 자리로는 다시 돌아갈 길 없으니 얼마나 큰 형벌을 받아야 할까요?

수백의 어린 생명들이 저 아름답기로 이름난 남녘의 봄 바다에서 아무 죄도, 영문도 모른 채 죽어가면서 무슨 질문을 했을까요. 능소화를 줍던 그 아이들의 질문에 해줄 말이 없습니다. 그저 가슴만 미어질 뿐입니다. 봄 바다에 뿌려진 저 꽃잎들, 외쳐 부른다한들 이 죄를 무슨 수로 다 거둘 수 있을까요!

# 귤

살갗에 묻은 향기가
열여섯 소녀 같다

매끄러운 등껍질을
한 겹 벗겨내면
저마다 달빛이 봉인된
옹달샘이 보인다

물방울들 촘촘한
조각달을 하나 퍼서
혀끝으로
새콤한 바람을 씹어본다
투명한 막이 찢기며
내 입속 가득
잠시 숨 고른 호수가 차오른다

존재의 고독이 운명처럼 똬리를 틀고 있을 때, 누구나 울고 싶어질 겁니다. 그것도 혼자 있다면 눈치 볼일 없이 울면 되지요. 하긴 때가 중요할 수도 있어요. 그게 언제며 어디인지도 중요하지만, 최소한 한 번 이상은 혼자서 흠뻑 취해 울어야 뭔가 외로움을 이긴 것 같다 할 겁니다.

가끔은 낯선 자신의 모습에 놀라기도 하면서… 아무도 없는, 심지어 책이 없는 텅 빈 책장이 배경이면 온전히 슬프게 울기 딱 좋은 곳이 되겠지요. 원래 빈 책장 아래가 영혼의 진화를 시도하는 장소이기도 합니다. 글 쓰는 사람은 더욱 그렇지요. 그래서 가끔 꽉 찬 책장보다 텅 빈 책장이 나를 성숙하게 만드는 것 같아요. 아프고 난 다음, 아이가 부쩍 자라는 것도 같은 이유일 것입니다. 지갑은 얇고 추억은 빈약했지만 나는 늘 가진 것이 너무 많은 사람이라는 걸 압니다. 아직은 눈물이 사치인 것 같아요.

그렇기에 눈물이 나올 때, 넓은 어깨에 기대고 싶은 사람들에게 누군가 이렇게 말했습니다. "당신이 울 곳은 광야에 준비되어 있다. 거기서 실컷 울고 가볍게 돌아오라."

# 씨앗

베란다 쇠창틀 사이로
나팔꽃이 4층까지 기어 올라와
한사코 넝쿨손을 디민다
여름내 폭염을 다 갈아 마셨는지
먹빛 유지매미, 아코디언 연주가
협곡처럼 깊더니만
8월의 끝자락,
그 열꽃의 다툼도
바닥을 드러내고 있다

계절을 건너려면
누구나 상처를 품어야 하는가
붉은 속살 알알이 키우던 석류들
찢어진 살갗, 그 안으로
촘촘히 붉은 노을 담아놓았는데
곁가지 붙들고 하늘로 오르던 나팔꽃
짱짱한 가을, 씨앗주머니 안에
까맣게 쟁이고 있다

매미 울음, 씨앗이구나!

때로 사람의 손은 입술보다 더 많은 것을 말해줍니다. 손의 생김새 자체가 그 사람이 살아온 시간을 가장 정직하게 보여주는 경우가 많았습니다.

농사꾼의 손은 생명을 키우느라 부드러움을 다 땅에다 심은 것 같습니다. 씨앗을 만지는 손은 생명을 담고 있습니다. 시인이자 소설가이신 박경리 선생님은 노동의 땀을 모르고 어찌 창작의 땀을 알겠느냐고 평소 호미를 들고 손수 농사일을 하셨다는 것은 잘 알려진 이야기입니다. 박경리 선생님의 손은 글 쓰는 손이 아니라 노동하는 손으로 조각상이 만들어져 있습니다.

아내의 손들은 대개 젖어 있고 어쩌다 바른 매니큐어도 군데군데 벗겨지기 일쑤지만 그래도 늘 축축하게 젖은 아내의 손은 추하지 않습니다. 그리고 손의 움직임을 유심히 살펴보면 그 사람의 성격이나 미묘한 감정 상태까지 읽어낼 수 있는 것 같습니다. 손 자체보다 손에 무엇을 들고 있느냐에 따라서도 사람의 이미지는 달라지는 걸 알 수 있습니다.

시집 한 권을 들고 있는 사람을 보면 나는 괜히 말을 걸고 싶어집니다. 꽃을 들고 있는 손보다 아름다워 보일 때가 있습니다. 돈을 세고 있는 손보다는 새를 보듬고 있는 손이 아름답고, 무엇을 움켜쥔 손보다는 모든 걸 내려놓은 빈손이 한결 자유로워 보입니다.

어깨 역시 아무 말도 하지 않지만, 우리는 어깨너머로 적지 않은 것을 읽어냅니다. 나이가 든다는 이유 하나로 말입니다.

우리가 살면서 얻은 지혜의 8할이 실은 어깨너머로 배운 것들입니다. 4년 동안 대학에서 배운 것은 사실 10%도 안 될지도 모릅니다. 주먹을 꼭 쥐고 움켜쥔 것을 바라보다가 어느 날 맥없이 풀어져 펼쳐진 빈 손바닥을 보니 빼앗기지 않으려 움켜쥐었던 것들보다 더 귀한 많은 것을 담을 수 있다는 것을 깨닫는 나이가 되었습니다. 씨앗이 매미의 울음이라는 것도 알 수 있는 그런 나이가 되었습니다.

그리고 어깨너머 느긋이 세상을 읽는 법도 아는 나이가 되어 가는 것 같습니다. 사람도 오랫동안 지켜보며 그 어깨너머 풍기는 향기가 나올 때 하나씩 알아가는 느림이 필요한 것 같아요. 말보다 손으로, 손도 움켜쥔 것보다 크게 품을 수 있는 빈 손바닥의 크기를 이제는, 이제는 알 수 있을 것 같습니다.

## 03

가을을 만지다

# 젓갈골목은 나를 발효시킨다

강경상회 이 씨는
짠 손바닥에다 새우를 키운다
멸치떼도 몰고 다닌다
헝클어진 비린내를 싣고 와
육거리 젓갈시장 골목 가득 풀어놓는다
날마다 그는 해협을 끌어다
소금에 절여 간간하게 숙성시킨다
그가 퍼주는 액젓은
오래 발효시킨 수평선이다
그는 저울에다
젓갈의 무게를 재는 법 없어
누구나 만나면
후덕하게 바다를 퍼준다

저무는 수평선처럼 강경상회가 셔터를 내리면

골목마다 몸 풀었던 바다 갯내음

썰물처럼 빠져나가고

싱거웠던 내 몸,

어느새 짭짤하게 절인

젓갈이 된다

처음 만난 강경 젓갈골목의 풍경은 지금도 잊을 수 없습니다. 충청남도의 강경읍내의 젓갈시장을 돌아다니면서 만난 시장 사람들의 생기 팔팔함은 젓갈에 배어든 바다 냄새와 같았습니다. 짭짤하고 비릿한 젓갈골목에 비해 나는 너무나 싱겁게 살아왔다는 것을 알았고 그 골목의 풍경은 내 삶으로 서서히 스며들며 나를 발효시키는 것을 느꼈습니다.

　강경상회의 주인이 이 씨인지 김 씨인지─나중에 확인한 결과 김 씨였습니다─는 중요하지 않았습니다. 기억에 남아 있는 것은 '강경상회'의 주인인 그가 그 젓갈골목을 대표한다고 생각했다는 것입니다. 그는 오랫동안 젓갈장사를 해온 듯한 모습이었고 이미 젓갈과 일체가 된 사람이었습니다.

　"손바닥에 새우를 키운다"거나 "멸치 떼를 몰고 다닌다"는 것은 바로 그런 일체감의 표현입니다. 심지어 그의 느낌처럼 "해협"을 "숙성시킨다"고 한 것과 "액젓"을 "오래 발효시킨 수평선"이라고 말한 것을 그대로 느꼈습니다. 젓갈을 통해 드넓은 바다와 넓은 넉넉함을 지닐 수 있었던 그는 젓갈장사도 드넓은 바다처럼 "후덕하게" 합니다.

　"누구나" 가릴 것 없이 자신을 찾는 손님에게 "젓갈의 무게를 재는 법 없이" "후덕하게 바다를 퍼준다", 너무나 훈훈한 풍경이지요. 그런 풍경을 젓갈골목에서 느꼈다면 그 골목에 서 있는 내 생은 너무 싱거워 보였습니다. 늬엇늬엇 골목에 어둠이 내릴 때쯤 골목의 모든 갯내음에 절여지고 골목을 빠져나오는 "내 몸"은 이미 "짭짤하게 절인/젓갈이 된다"는 것이지요.

내 삶에 대한 성찰이 열심히 살아가는 젓갈골목의 이 씨를 보며 하나가 됩니다. 새로운 가치에 대한 발견을 나는 저 비린내 풍기는 골목에서, 살짝 간이 밴 생의 한 조각을 건져 올리고 있습니다. 참 그동안 너무 가볍게 싱겁게 살아왔던 내가 천천히 발효되어 어스름 속에 버무려지고 있었던 순간이었습니다. 그리고 "발효시인"이라 불리며 나의 또 다른 이름이 되었습니다.

**❝** 골목마다
몸 풀었던
바다 갯내음 **❞**

# 안과의사의 가을노트

제 발끝도 채 비추지 못하는 외등 아래
플라타너스 나뭇잎이 눕고 있다
대학병원 앞, 신호등 건너편에 서 있는 내 곁으로
머리 조아리며 날아온다
가을을 닮은 여인의 눈빛이
바쁘게 내 걸음을 잡는다
눈자위를 덮어오는
하얀 그림자를 걷어내려
그녀는 또 다음날 예약을 위해
나를 찾아온 거라 한다

어쩌면 가을은
맑은 눈으로 닦아질 수 없는
안개인지도 모르는데
내 손이 더듬어야 할
어둠, 그리고 그 너머의 빛
나는 마음의 촛불 하나로

흐린 세상 환하게 만들 수 없을까

새 빛을 찾는 메스의 을씨년스런 허기는
허공을 가로지르며
횡단보도를 지나 재빠르게 달아난다

일상을 주제로 시를 쓸 때는 남편의 직업에서도 많은 모티브를 얻곤 하는데 이 시는 안과의사인 남편을 보며 쓴 작품입니다. 가끔 집에서 환자 이야기를 나누곤 하는데 그의 입술은 늘 진지했던 기억이 나네요. 병고에 시달리면서 때로는 사선을 넘나들면서까지 치르는 삶을 들여다보는 것은 무거운 일입니다. 하지만 그저 관찰자적인 시각으로 감상적이 되거나 동정으로 흐르는 기우를 넘어 나는 안과의사의 시선으로 바라보고 있습니다.

　"가을을 닮은 여인"이란 표현은 인생에서 중년쯤으로 생각했습니다. 백내장은 젊은 나이에는 잘 오지 않는 것일 테니까. "눈자위를 덮어오는/ 하얀 그림자"를 지녔다는 것은 안질환 중에 백내장으로 의심한 것입니다. "그녀"는 수술을 예약하기 위해 안과의사인 "나"를 찾아온 것인데 "그녀"를 바라보는 "나"는 이 수술로 인해 "어둠, 그 너머의 빛"을 찾아주려는 사명감에 사로잡혀있습니다. 동시에 "마음의 촛불 하나로/ 흐린 세상을 환하게 만들 수 없을까"를 고민하는 모습이 단지 의료행위만을 하는 의사가 아니라 생을 고민하는 이상적 차원에 닿고 싶어 하는 간절한 마음입니다.

　"어쩌면 가을은/ 맑은 눈으로 닦아질 수 없는/ 안개인지도 모르는데"라는 표현으로 이 사회의 혼탁한 현실을 비판하고 싶었습니다. 하지만 마지막 연의 "새 빛을 찾는 을씨년스런 허기" 때문에 그래도 세상은 쉽게 맑고 밝고 따뜻하게 되는 것 아닌가 생각해 봅니다. 나는 안과의사가 되기도 하고, 때로는 그 의사의 눈으로 세상을 들춰보기도 하면서 우리 사회의 따뜻한 삶을 갈구하기도 했습니다.

이처럼 나의 시는 내 주변의 작은 것에서 출발합니다. 남편이 하는 일(직업)을 들여다보다가 순간 나에게 시가 되어 다가오기도 하고 집안일을 하다가 시를 만나기도 하지요. 그러므로 시의 소재가 독특하고 크다고 해서 좋은 시를 쓰는 것은 아닌 것 같습니다. 다양한 체험도 중요하지만 사소한 것을 바라보고 시를 발견해내는 시선, 그것이 시를 쓰는 힘이라고 저는 믿고 있습니다.

# 쉰 살, 여자의 가을은 흔들린다

늦가을 뼛속에는
억새꽃의 흔들림이 있다
하염없이 강물을 바라보다가 억새밭에 함께 눕자
바람 아래 쉰 살, 여자의 가을도 흔들린다

멀리 금강 물살 위에 노닐던 마지막 노을빛 끌고
산등어리 하나씩 넘어간다
수척한 저녁이라 빈 들녘 누추하지만
그래도 저무는 하늘가로
초대받은 듯 모여드는 기러기떼 본다
잠시 흔들리는 내 이마의 흉터가 환해진다

이 계절의 끝,
가을이 메말라 화석이 된다면
허공을 흔드는 억새꽃들의 지휘만 남을 것이다
나는 그 성근 바람의 길에 접속하어
오늘은
끝까지 다 걸어가 봐야겠다

강물을 따라 후미진 강둑이나 모래톱 위에, 가을보다 먼저 피었다가 겨울을 다 보낼 때까지 하얗게 남아 홀로 가는 시간을 온몸으로 맞이하는 저 억새꽃들.

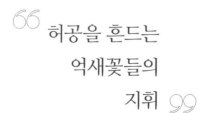

허공을 흔드는
억새꽃들의
지휘

한 사흘 몸살을 징하게 앓았습니다. 약 기운 때문에 몸이 가라앉아 잠에 취해 지낸 지 이틀이 지났네요. 그래도 열이 내리니 살 것 같았습니다. 시원하게 흐르는 물이라도 보면 좋겠다 싶었지요.

금강. 겨우 달려온 곳이 겨우 이곳이라니….

내심으로는 한 사흘 열꽃에 시달리기도 했고 또 한 편으로는 팍팍했던 마음 한끝을 푸른 물살에 헹구어 내고 싶었는데 겨우 달려 나온 곳이 금강입니다.

몸살 끝이라 그런지 바람이 제법 스산하게 느껴졌습니다. 시퍼렇게 굽이쳐 흐르는 물줄기를 바라보며 잠시 둑길을 걸었는데 군데군데 억새풀들이 하늘을 향해 키를 세우고 있었습니다. 강물을 따라 후미진 강둑이나 모래톱 위에, 가을보다 먼저 피었다가 겨울을 다 보낼 때까지 하얗게 남아 홀로 가는 시간을 온몸으로 맞이하는 저 억새꽃들. 나는 잠시 나를 그곳에 세워두고 한참을 바라보았습니다. 저 억새들도 가벼워지기 위해 기도하는 걸까요.

저리 도도히 흐르며 때때로 고이기도 해야 물 위에 비친 세상을 볼 수도 있고, 기슭에 부딪히는 물결 소리와 뒤섞인 제 울음을 들을 수 있다는 것을 알고 있을까요? 저 푸른 물은 제 속에 하늘과 구름, 이슬 그리고 세상의 목을 축여 줄 젖줄이 되는 작은 물방울까지 가슴에 머금고 있다는 것을 그 억새들은 알고 있다는 듯 고개를 끄덕이며 지켜보고 있었습니다.

짧은 순간 어스름이 강둑을 덮치기 시작했습니다. 억새들의 잔잔한 흔들림. 그것은 누구를 손짓하며 부르는 것이 아닐 것입니다. 더구나 누구를 기다리는 것도 아닐 텐데 흐르는 강물을 하염없이 놓아주며 떠나보내고 있습니다. 슬그머니 지난 상처를 놓아주는 것이겠지요.

이제 저녁 바람들이 낡은 모래톱에 버짐처럼 피어있는 저 억새들을 곱게 빗질해 줄 것입니다. 가볍게 날아오르도록 어루만져 줄 것입니다. 몸살 끝, 나도 그 억새들처럼 잠시 가벼워지려 바람이 부는 쪽으로 두 손을 모아봅니다. 아마 쉰 살의 넘은 나의 또 다른 가을 채비인가 봅니다.

# 갑사의 뜰

울지 못하는 날이 많아질 때마다 그 산에 올랐다
멈추지 않고 물들어가는 저 산자락으로
내 무른 눈물이 번지고 있었다
돌탑 아래 흩어진 가을 햇살 아래
유난히 붉은 단풍나무 한 그루
내 안에 들여와 설컹거리는 마음을 데워본다
노랗게 혹은 빨갛게 익어가는 산사 아래
가을빛 고요하게 내려앉는다

바람 한 줄기, 벌써 가지를 비워 낸 나무에게
돌아선 마음 애써 잡지 말라 달랜다
떠날 채비 끝낸 나뭇잎새들의 먼 여행길에
내가 있겠다고 가볍게 읊조린다

더 늦기 전에 단풍잎 우표 한 장 붙여서
갑사의 뒤뜰, 홀로 남아 등 굽어가는 소나무에게
안부의 가을 편지를 써야겠다

좋은 시절은 항상 지나가야만 느낄 수 있나 봅니다. 지금 감당해야 하는 삶의 고단함과 크기가 클수록 쉽게 지나온 시절을 떠올리는 것인가 봅니다. 돌이켜보면 그 시절은 더 가난하고 사는 것이 만만치 않았는데도 지금보다는 다들 행복했던 것 같습니다. 없어도 불편한지 모르고 더 많이 감사했던 것 같아요.

늦가을의 풍경을 상상해봅니다. 벼 벤 논두렁에서 떨어진 이삭을 다 줍지 않고 날아드는 참새들에게 나누어주었지요. 감나무 꼭대기의 홍시 몇 개는 까치밥으로 남겨둘 줄 알았던 늦가을에는 애쓰지 않아도 그냥 매달려오는 넉넉한 웃음이 풍성한 시절이었지요. 사람들에겐 덕이 있었고, 이웃들은 작은 성취에도 어깨를 토닥이며 칭찬을 잘 해주었지요. 어디에나 잇몸을 드러내고 환하게 웃어 주던 시절. 그런 좋은 시절을 우리는 그 시간이 지난 후에나 느끼나 봅니다.

그저 양친은 살아 있고, 형제자매들은 종아리들이 토실토실 굵어지고, 이웃들은 느긋했고, 방문만 열면 누구나 들길을 쏘다닐 수 있는 여유쯤으로 우리의 가을은 충분히 풍요롭고 마음이 살찌고 있었지요. 우애와 우정이 있던 그 시절, 시간은 기쁨으로 가득 친 추억의 탑이었죠. 예전보다 더 많이 가졌지만 지금 우리의 마음은 더 가난하고, 더 높은 직책을 가졌지만 기쁨이나 보람은 줄어서 예전처럼 행복하질 않은 것 같아요.

　콩 한 쪽도 나누던 형제자매들도 다 흩어지고, 코피 터트리며 쌈박질하던 어린 시절 친구들이 어디에 있는지 가을이 오니 더 궁금합니다. 이렇게 그 시절이 그리워지는 걸 보니 어느덧 우리 나이도 가을인가 봅니다. 그러면 그 좋았던 시절이 다시 오기는 아예 글러 버린 걸까요?

그 보물창고에서 꺼낸 저 농염한 달빛은 첫사랑의 입술처럼 촉촉했습니다.

66 그리움의
옷깃 세우는
가을 99

# 10월

기러기 떼

달빛을 걸어

밤하늘에

수묵화를

그리는 것

여름이 스러지면 달의 계절이 옵니다. 가을은 차곡차곡 쌓인 달빛을 썰어 가슴에 쟁여주는 달의 계절입니다. 태양은 우리 정수리 위를 넘어가지만, 달은 등 뒤로 살포시 지나갑니다. 등 뒤로 넘어가는 저 달은 우리 가슴에, 무슨 사연들을 저리 흩뿌려대는지 발끝까지 가을빛으로 물들여놓는군요. 그러다가 가슴이 저릿해지면 달빛이 노닐고 있는 호숫가에서 그리운 얼굴 보고 싶은 본능이 뭉게뭉게 피어오르기도 할 거 같아요. 그리움의 옷깃 세우는 가을이니까요.

가을밤에 달빛과 즐기는 것은 달빛에 실려 오는 첫사랑의 얼굴을 그리는 것일 겁니다. 고향의 뒷동산에 둥실 떠올랐던 저 달님 따라 추억의 얼굴이 슬며시 걸어 나올 것 같습니다. 그렇습니다. 우리에게 밋밋했던 저 달도 이맘때면 어김없이 매번 절절하고 축축합니다.

한가위가 다가와서 그럴까요? 추석이 되면 고향에 가고, 고향에 가면 누구도 모르는 첫사랑의 감정을 저 달빛 아래 스르르 꺼내놓는 것이 비단 나 뿐은 아닐 거라 믿습니다.

그래서 달은 모든 사람에게 첫사랑의 보물창고인지도 모르겠습니다. 그 보물창고에서 꺼낸 저 농염한 달빛은 첫사랑의 입술처럼 촉촉했습니다. 아쉬움이고 위로의 손길이기도 했을 듯합니다. 쉰 살의 가을이니 코스모스처

럼 밤하늘을 향해 손을 흔들어봅니다. 갱년기를 지나도
여전히 농염한 달빛들이 내 가슴에 무수히 쏟아져 내리
는군요.

# 수세미

기도 절개술 때문에 그는,
손가락으로 말을 했다
일으켜 세워달라고 눈빛으로 애원했다
그 사이 햇살이 얼마나 영글었는지
바깥이 궁금해진 휠체어의 바퀴가
수세미 넝쿨 아래에서 멈춘다
병원 주차장 옆 받침목 사이
수세미들, 목을 늘어뜨리고 매달려있다
쏟아지는 햇살 아래
말라비틀어진 줄기를 끊지 못하고
안으로 텅 빈 구멍을 키우고 있었다
저들에게도
뜨거운 햇살을 불어넣던
꽉 찬 내부가 있었으리
얼마나 많은 물렁물렁한 추억들이
그 사이 주름으로 각인되었을까
링거줄에 매달린 그의 손 등
늙은 수세미를 닮았다

나에게 활시위를 당길 기회가 10번 있다면 9번 실패하느니 한 번의 기회에 최선을
다할 것입니다.

우리 민족을 '동이족(東夷族)'이라 불렀다는데 이는 '동쪽의 큰 활잡이'라는 뜻이라 합니다. 우리는 활을 잘 다뤘던 긴 역사를 가진 조상들의 후예라 하는데 후석기시대로 그 최초를 잡는다 합니다. 때로는 나를 지키는 무기로, 때로는 남의 것을 빼앗아야 할 때도 우리는 당연하게 하나의 활을 준비했습니다. 그렇게 무장한 활로써 우리는 무언가를 겨냥합니다. 각각 자신의 과녁을 향해 활시위를 당깁니다.

이 세상에서 우리는 저마다 무언가가 맞추기 위해 활을 당깁니다. 쏘는 것이죠. 당기는 것을 쏘기 위함이니, 우리는 쏜다는 것에 정성을 기울여 집중할 필요가 있습니다. 과녁을 향한 흔들림 없는 눈동자, 가슴과 어깨를 쫙 펴고, 활시위가 콧날의 정중앙을 지나도록 위치를 잡고, 마지막 숨을 길게 들이마시고 활시위를 당겼다면, 이제 그만! 멈출 줄 알아야 합니다.

그러나 쉽게 활시위를 놓아서는 안 됩니다. 나에게 활시위를 당길 기회가 10번 있다면 9번 실패하느니 한 번의 기회에 최선을 다할 것입니다. 10분 동안 10개의 화살을 쏠 수 있다면, 나는 9개의 화살을 과감히 버리고 9분 9초 동안 한 개의 화살을 정확하게 겨냥하는 데 최선을 다할 것입니다. 그리고 내 손을 떠나 과녁을 향하는 활의 뒷모습을 끝까지 지켜볼 것입니다.

이렇듯 궁극의 활을 당길 때 심장은 뻐근하고 근육들은 팽팽하게 긴장하겠지요. 이런 고집을 부리고 난 후 돌아보니, 대개는 소소한 인생들의 나열이었지만 절정이 있다면 그건 활시위를 당기고 멈췄을 때였던 것 같습니다. 물론 아직도 나는 무언가를 위해 활시위를 겨냥하고 있습니다만.

# 대관령 고개에서
# 하늘을 만나다

내 눈길이 마주치는 곳에 하늘이 있었다
고개가 품은 하늘과 잠시 마주 섰다
대관령은 구름 위에 앉아 있었다

아슬한 경계에서 평화로운 흰 구름 몇 조각
대관령 고개에 걸쳐놓으니
저 한 폭의 그림 아름다워라

내가 끌고 온 문명의 발자국을
저곳에 찍는다는 것이 왠지 미안했다
초원을 느리게 걷고 있는 어린 양 떼,
방부제에 찌든 너무 멀쩡한 내 손을
그 눈빛에 도저히 내밀 수 없었다

하늘도 여기서는 깨달아야 한다
햇살이 오랫동안 앉아 쉬고
바람도 구름도 잠시
순한 고개에 걸터앉아 숨 고르기 한다는 것을

나도 잠시 쉬었다가
도시의 오염을 던지고
게으른 양 떼의 푸른 울음이나
몰래 보쌈해 가야겠다

가끔씩 바람은
집으로 돌아오는 목동의 피리소리를 냈다

한동안 '골목'에 심취한 적이 있습니다. 골목은 때로 우리의 인생과 닮았더라구요. 달동네 대부분은 골목길들이 연결되어 있지요. 좁은 그 골목길에는 남들은 모르는 아련한 삶의 현장이 그대로 드러나 있다는 걸 알았기에 한때 나는, 열심히 골목길을 들여다보았어요.

젓갈 파는 골목길, 튀밥 튀기는 골목, 전방 같은 작은 구멍가게가 끝에 있는 골목, 그 골목길은 골목길마다 저마다 채송화 씨앗 같은 예쁜 이야기들이 숨어 있었지요.

달동네 좁은 골목의 절룩이는 삶이 짙게 밴 곳도 지나보고, 그리고, 그리고 중독자들이 있는 골목길에도 서 보았지요. 골목길이 있고 구멍가게가 있고. 그리고 어느 골목길의 끝에는 공식처럼 쉰내가 늘 끓어 넘치고 있었습니다. 어느덧 골목 끝에서 싸우던 소리가 그치고 구멍가게의 문이 닫히면 고단한 삶의 그림자들도 잠시 허리를 꼿꼿하게 폅니다.

그래도 늦은 여름의 한 조각에 기대어 담벼락에는 채송화 꽃이 피었어요. 그 골목의 어느 집 굴뚝에는 상기된 얼굴로 희망의 꿈을 꾸곤 하지요. 가령 곧 태어날 아기의 기저귀를 마름질하는 저녁이 즐거운 것과 같습니다. 오늘 밤은 방 안 가득 채송화 씨앗 같은 별빛이 무수히 쏟아질 것 같아요.

한동안 '골목'에 심취한 적이 있습니다. 골목은 때로 우리의 인생과 닮았더라구요.

**66** 아슬한 경계에서

평화로운

흰 구름 몇 조각 **99**

108

# 가을 문학콘서트

시집을 발표한다고 하염없이 흰 종이만 바라본다
일상의 각질들이 두꺼워지듯
이제는 사고의 창고들도 늙었는지
내 원고지에 쓸모없이 충혈된 활자들만 누워 있다

가을밤은 깊어갈수록
책상에 앉은 달빛 조각들
나의 빈 원고지에 시를 쓰는데
밤새 한 줄 건지지 못한 시인은
일기장에 흰 머리카락 한 움큼 뽑아놓는다

시인은 죽어도
시는 살아있는가

달빛이 써내려간 가을시편들을 모아
풀벌레들, 저마다 목청 가다듬어 밤새워 시낭송한다
노랫소리 끝날 줄 모른다

드디어 가을 문학콘서트가 시작되었다

여행의 매력은 충동이 용서받는 거라고 어느 글에선가 본 적이 있습니다. 그런데 충동 정도는 여행의 여러 동기 중에 아주 보잘것없는 것이 되어버릴 때가 많습니다. 아무것도 생각하지 않고 홀로 온전히 여행이라는 것에 빠질 수 없으니 말입니다.

매번 일상이 굴레다 틀이다 해도 내 가정에서는 내가 나온 자리가 커다란 구멍이니 말입니다. 하긴 늘 이 정도 마음으로 여행을 떠나니 아무리 공간 이동을 해도 나만을 위하는 여행 같은 감정 정도는 바로 사라져버리기 일쑤지요.

그러나 여행은 참 신기하게도 손에 늘 뭉클한 무엇인가를 가져다줍니다. 가는 곳마다 매번 생생한 삶이 적나라하게 기다리고 있으니 떠난다는 자체가 위대하다는 생각이 듭니다. 그러니 나는 나의 고인 물을 퍼내는 방법으로 여행을 선택하는 것은 잘하는 거 같습니다. 하지만 그것이 쉬운 일이 아닙니다.

작가에게 책 출간을 하고 이를 기념하는 출판기념회 같은 것을 마치고 나면 꼭 하는 일이 모든 것을 접고 떠나는 것입니다. 떠나는 것, 그러니까 여행은 비운 것에 대한 확인입니다. 고인 것은 출간으로 다 퍼냈기 때문입니다. 여행서의 저 넘쳐나다 못해 밭에 마구 싸이는 정보들을 싸들고 가볍게, 영혼을 분명하게 앞세우고 몸이 뒤따르는 여행을 하고 싶습니다.

문득 "배추씨처럼 사알짝 흙에 덮여 살고 싶다"고 했던 박용래 시인의 말이 생각나는군요. 우리는 어쩌면 그런 거 하나 깨닫기 위해 먼 곳을 다녀오는지도 모릅니다. 지름길을 피해 멀리 돌아가는 것, 그게 진짜 여행 아닐까 싶습니다. 내일, 그리고 또 바로 머뭇거리지 말고 여행을 떠나보려 합니다. 가까운 곳이라도. 아마 바다가 보이면 더 좋겠지요?

# 율산리 삽화

율산리, 그 노파의 집 담장은
제일 먼저 햇살이 뛰어넘는다

큰아들 김장 마늘 두어 접 떼어 놓고
둘째는 맞벌이 부부라
주문 김치 맞췄다 하니
한 접이면 족하려나

늦게까지 툇마루 끝에 앉아
동무해주던 반 평의 햇살
서쪽으로 머리를 조아릴 때
실핏줄이 빨랫줄마냥 툭 불거진 손등 털며
그 노파, 묶던 마늘 접을 놓고 등을 편다
덩달아 뒷산도 무릎을 세우면
갈수록 작아지는 그림자 하나
잠시 기우뚱거리다
어둠 속을 걸어 들어간다

율산리 : 충북 보은군 수한면의 한 마을

'묵음', '사랑한다'는 현재형의 단어를 "묵음으로 발음되도록 언어의 율법을 고쳐놓고 싶어 청춘을 다 썼다"는 어느 시인의 먼 훗날의 회고, 이 가상의 회고가 저절로 울음을 불러오는 겨울로 가는 길목이군요.

시인이니까 이 엄청난 단어 '사랑한다'를 '언어의 율법'이라고 썼지 실은 사랑의 율법, 삶의 율법을 '묵음'으로 바꾸고 싶어 꺼냈던 것 아닐까요?

그러나 내가 아닌 남의 사랑의 율법은 그래도 쉽게 받아들여 묵음… 그러니까 언어의 율법을 이해하겠는데 현실에 놓인 나는 받아들이는 데 애를 먹습니다. 힘든 정도가 아니라 아프기만 합니다. 묵음으로 결론 내질 못할수록 막막하고 먹먹해 마음 약한 나를 인정하고 겨우 이렇게 고백만 합니다.

나무들이 잎새를 다 버리고 모두들 묵음의 계절로 들어가고 있군요. 계절을 순하게 받아들이듯 나도 저 묵음의 계절에 한 발짝 걸음을 떼어보렵니다. 너무 늦지 않게 바로 이 순간에요.

**04**

# 겨울을 그리다

# 튀밥 튀기는 골목

김노인, 튀밥을 튀긴다

중촌동 제일 프라자 골목 입구
그가 차지한 두 평은
노점상 단속에서 면제받은 땅이다
시끄럽다 진정서 여러 번 받고
멱살 잡힌 날도 더러 있었지만
25년째 지켜 온 단골자리는
뻥! 소리며 하얀 연기, 고소한 냄새까지
마음껏 피워 올릴 수 있다
골목 속으로 쏟아지는 차가운 바람 아래
그는 쌀과 강냉이 잘 말린 떡을 펼쳐 보듬다가
조심스레 티를 골라낸다
단돈 3000원에 간식해결이라는 입간판을 지나
길 건너 굿모닝 증권 자동문으로
대박을 꿈꾸며 들어가는 사내들의 긴 그림자를
그는 앉은 채로 깔아뭉긴다

이 좁은 골목의 헐벗은 경제와
튀밥 솥 안 딱딱한 강냉이에게도
때로는 달콤함이 필요하므로
그는 튀밥거리를 바꿔 튀길 때마다
사카린 한 숟가락을 함께 넣어준다
헐은 지붕과 담장도 뻥뻥 튀겨 키울 수 있는
그의 오른손, 그래도 아직은
자재로운 수의근이다

낫처럼 굽은 그의 등 위로 어둠이 내리고
하늘은 쌀튀밥 같은 눈송이를
골목 안으로 뿌리기 시작한다

골목, 그 길은 나에게 특별합니다. 다릅니다. 늘 여러 가지 의미로 다가옵니다. 나의 신춘문예 당선 시 「젓갈골목은 나를 발효시킨다」도 젓갈골목 이야기를 썼고, 요즘도 나는 자주 골목을 서성입니다. 따분하고 뭔가 고여 있는 느낌이 들 때 시장 골목을 들어서면 괜히 신이 납니다. 야채나 과일을 고르며 흥정하는 맑은 목소리—대개는 화장기 없는 아줌마들—가 내 삶을 팽팽하게 잡아당기는 것을 느끼거든요. 얼마나 싱싱하게 들려오는지 모릅니다. 가족의 식탁에 올린 찬거리를 고르는 목소리는 밭에서 갓 뽑아 온 푸르른 채소보다 더 싱그럽게 다가옵니다.

작년 초겨울 이맘때쯤 중촌동 어느 골목에서 만난 김 씨 할아버지. 역시 튀밥 튀기는 골목에서 나를 매료시켰습니다. 찬바람 속이지만 튀밥의 고소함이 골목에 가득 피어오르면 얼었던 손끝이 따스해질 것 같았습니다. 언 영혼도 녹여줄 것 같은 느낌이 들었습니다.

튀밥을 튀기는 할아버지. 그가 차지한 반 평의 땅 건너편에는 증권회사의 불빛이 화려했습니다. 누구나 가진 것보다 꿈이든 물질이든 더 크게 부풀리고 싶은 것이 인간의 욕망이겠지요. 조그마한 강냉이를 크게 튀겨내는 튀밥 튀기는 골목의 그 할아버지와 증권회사는 분명 닮았습니다. 그러나 아이러니지요. 한 손은 중풍으로 한 손만 자유롭게

사용했던 할아버지. 그의 생은 지금 얼마나 부풀어져 있을까요. 지금 나의 시선은 그곳에 멈춰있습니다. 그렇습니다. 어쩌면 우리의 꿈은 좁은 골목에서 싹트기 시작하여 점점 커 가는지도 모릅니다.

뻥! 뻥! 튀기는 고소한 튀밥, 설탕과 기름에 전 우리 간식이 튀밥으로 자리매김이 되지 않더라도 한겨울 내내 쌀튀밥 같은 눈송이는 내릴 것이고, 여전히 골목으로 고소함이 피워 오르리라 믿습니다.

# 숨 쉬는 일에 대한 단상

항아리 속 검은 보자기 아래
노란 꽃술들
살짝살짝 보자기를 들어 올리며
고르게 숨을 쉰다

콩나물시루에 물을 끼얹을 때면
하루가 다르게 살 차오르는
둥근 달을 보는 것 같은데
물관부를 따라 물 길어 나르는
노랫소리에 맞춰 4분음표들,
방안을 뛰어다닐 것 같은데

숨 쉬는 일이란
틈새를 비집고 촘촘한 영토를 다스리는 일
고개를 떨군 채
생을 수직 상승시키는 일이다

며칠 전 이사를 했습니다. 그래서 그런지 선잠을 자는 것 같습니다. 43층이라 경치는 그만이지만 무척 낯섭니다. 원래 새벽잠이 많아 새벽에 일어나는 일이 뜸해졌지만 낯선 탓인지 새벽에 일어나면 창문을 통해 스며드는 빛을 만나봅니다.

　동이 터 오는 시간에 창문을 열고 밖을 바라보면 세상이 천천히 눈을 뜨는 것을 볼 수 있습니다. 어둠 속에 쌓여 숨죽였던 땅 위에 모든 것들이 기지개를 켜며 하루를 준비하니까요. 나도 이 시간에는 어제까지의 허물을 벗고 부끄러운 생각, 부끄러운 삶의 길을 빛이 있는 쪽으로 조정하면서 새날을 위해 마음에 빗질을 합니다.

　나는 무엇에 매달리려 하던가 생각해 봅니다. 가지가지의 욕심, 곁에 있는 것들에 대한 떨칠 수 없는 집착과 증오, 까닭 없이 휘몰아치는 어느 순간들의 분노, 좋아했다가 순간 미워지는 이 변덕스러움, 이 모든 어둠 같은 것들이 한 치 앞도 내다보지 못하고 내 눈앞을 가로막고 있는 걸 느낍니다. 하지만 새벽은 모두를 용서할 수 있어서 좋습니다. 새로움을 다지는 시간이니까요. 그것이 새벽의 매력이지요.

　살아간다는 것, 우리가 숨 쉬는 일이란 어쩌면 고르게 숨 쉬며 검은 보자기를 들어 올리는 일일 겁니다. 껍질을 뚫고 싹 틔우는 콩나물처럼. 할머니는 잠에 깨어나면 제일 먼저 콩나물에 물을 주었습니다. 콩나물시루를 받치고 있는 받침대 아래 똑똑 떨어지는 물방울 소리는 지금도 기억이 납니다. 새벽에 들리는 그 소리는 맑고 청아했었지요.

가슴을 펴고 두 팔을 벌리고 새벽에 새어 나오는 은은한 빛을 내 안에 들입니다. 크게 눈을 뜨고 서서히 열리는 하늘도 내 안에 품어봅니다. 귀를 열고 어둠이 걷히는 소리도 듣고, 새날이 새어 나오는 이 시간의 희미하고 은은한 빛으로 내 마음부터 목욕을 합니다.

생각해보면 곁에 있어 고마운 것이 많은 것 같습니다. 내 곁에 늘 있어 주는 가족들, 나를 담아주고 나를 받아주는 많은 사람들, 친구들을 떠올려 보는 새벽. 느끼지 못할 뿐 나는 많은 것을 가졌습니다. 심지어 한 번 쓰지도 않는 물건을 이사 때마다 끌고 다녀 낡아 버린 물건도 애틋해지는 이유가 뭔지 생각해보니 이렇게 홀로 맞는 새벽의 힘인 것 같습니다.

짧은 시간이지만 창밖을 보며 여러 가지 생각에 잠기는 동안 희미한 빛 속의 모든 것들은 제 색깔을 드러내기 시작하는군요. 모두가 시작입니다. 어쩌면 눈에 보이는 모든 것은 어제를 버리고 또 다른 하루를 위해 사는지도 모릅니다.

내 무딘 손끝, 발끝 말초신경까지 저 밝아오는 빛으로 씻어봅니다. 새벽, 낯선 집에서 오늘을 위해 밝아오는 빛줄기에 가슴을 쓸어보는 것, 그것이 축복이라 느낍니다.

살아간다는 것, 우리가 숨 쉬는 일이란 어쩌면 고르게 숨 쉬며 검은 보자기를 들어
올리는 일일 겁니다.

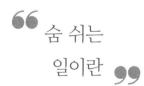

숨 쉬는
일이란

# 서설(瑞雪)

처음이라는 것은 모두 슬프다

새해 첫날부터 저 눈발,
할퀸 상처들을 다 덮어주나 보다
처음처럼 아프지 말라고
가닥 없는 그리움도 쉽게 잊으라고 쌓인다
아프지 않아 안에 숨은 상처 나은 줄 알았다

아픔을 잃었을 때가
정작 마음이 병든 때라는 것을
말기가 되어서야 깨달았다
더는 어떤 처방전도
상처를 아물게 못 한다는 것을 알았을 때
눈발이 잠깐 멈췄다
슬픔이 하얀 독처럼 쌓여 갔다
슬픔은 꽃이 되지 못하는지
그 사이 폭설이 또 내릴 때마다
산수유나무는 더 힘차게
꽃망울 부풀리고 있었다

**66** 슬픔은
꽃이 되지
못하는지 **99**

옷장에서 장갑을 꺼냈습니다. 그리고 옷장 저 안쪽에 넣어두었던 내복을 꺼내는데 아직 지워지지 않은 기억 하나가 어렴풋이 따라 나왔습니다.

그 해, 연탄 나르기 봉사를 했던 날이었습니다. 나는 겨울의 을씨년스런 날씨나 추위에 대한 걱정보다도 그 방의 풍경이 더 안쓰러웠습니다. 벽이 온통 커다란 못투성이였습니다. 그 방의 주인은 그해에도 형편이 피지 못해 새 옷 한 벌 꿈꿀 수 없었습니다.

옷장 하나 들여 놀 여유가 없어 벽에 친 못에 옷을 걸어 놓고 사는데, 옷가지도 몇 개 안 돼 비어 있는 못들이 많았던 그 방의 서사는 굳이 말하지 않아도 금방 알 수 있었습니다.

그러나 그 방의 빈 못들은 어떤 아픔이나 힘듦을 원망하지도 않고, 칭얼거리지도 않고, 그저 쿨럭! 기침 한 번으로 마무리하는 노인의 숨소리를 기억하며 당당하게 박혀있었습니다.

늘 그늘이었던 큰 못이 있던 방, 내가 나르던 연탄 한 장이 그 응달을 데울 수 있기를 바라며 손등에 검정이 묻어도, 콧속이 까매지는 줄 몰랐습니다. 차라리 마음은 하얗고 따스해져 가는 걸 느꼈습니다. 그 방, 옷보다 못이 더 많았던 그 방처럼 못이 많은 사람들이 있습니다. 그리고 누군가의 가슴에 박혀있는 커다란 못들이 이제는 나의 눈에도 희미하게 보이는 나이가 되었습니다. 또 내 안의 이유 없이 박혀있는 못들이 있다는 것을 압니다.

　모두, 몽땅 그 노인의 폭 삭은 기침 소리에 인생의 쓴맛이나 신맛이 다 삭아 발효되길 간절히 바랍니다. 손 시린 추위의 슬픔도, 헐벗은 못이 많은 쪽방의 아픔도 다 내려놓고 연탄불 한 장으로 구들장 따스하게 데워지길 저 옷장을 열어보다가 기억해 봅니다. "사는 것보다 행복한 것은 없다"라는 말이 분명한 정의이기를 정말 바라봅니다.

　저무는 12월의 밤하늘엔 왜 저리 보석 못들이 많이 박혀있는지 모르겠습니다. 오늘따라 유난히 빛나는 밤하늘.

# 그녀의 손두부

그녀, 잠시 숨 참으며 콩물을 가마솥에 한 바가지씩 사뿐히 퍼붓는다. 급하게 부으면 바닥에 눌어붙어 타기 십상이니 거품이 올라올 때마다 찬물을 끼얹어가며 끓여야 한다. 열 일 제끼고 가마솥에 딱 붙어 서서 살살 저어가며 두부의 속사정을 살펴야 한다. 고소한 냄새가 절정에 닿았을 때 하얀 무명천에 뜨거운 콩물을 걸러낸다. 천 위 거친 기억처럼 남아있는 비지들. 이제 걸러진 뽀얀 콩물에 조심스레 간수를 넣어 저어준다. 마치 갓난아기 잠재우듯 천천히 그야말로 슬로모션으로 다뤄야 한다. 조심스레 간수를 넣는 사이, 두부입자들이 자기들끼리 서로 들러붙는다. 이 순간, 함부로 말을 할 수가 없다. 고요뿐이 지배할 뿐이다. 이제 어느 정도 응고된 순두부를 네모난 모판에 부어 굳힌다. 무겁게 누르는 압력 때문에 천의 숨구멍으로 물은 빠져나간다. 잠시 허리를 펴고 기다리는가 싶더니 그녀, 거침없이 나무 자를 대고 무딘 칼로 한 번에 자른다. 날 선 칼로 자른 두부는 쉬이 부서진다는 그녀의 손두부 위로 농익은 햇살이 말랑하게 퍼지고 있다.

『어설픔』의 저자이자 햇님쉼터한의원 이기웅 원장을 다시 만난 건 아마도 7년이 지나지 않았을까 생각합니다. 세상 사는 일에 휴식이 필요할 때 그를 찾는다는 친구를 무작정 따라가기로 했습니다.

정말 어설프게 그는 연산의 어느 시골 마을에 한의원을 차려놓고 낡은 의자처럼 앉아 있었습니다. 처음에는 나를 어디선가 만났던 사람 중 하나로 알고 바로 알아보지 못했습니다. 전혀 섭섭하지 않았습니다. 왜냐하면, 나는 그의 영성치유나 센터의 경지까지 따라간 적도 없고 그를 찾을 만큼 그렇게 마음이 궁핍한 적도 없었기 때문입니다.

잠깐 내가 그의 기억력을 도왔더니 금방 아! 하며 내가 말했던 것보다 훨씬 더 많이 나를 기억했습니다. 내 아이의 일이며 내가 쓴 책까지도 떠올려 이야기했습니다. 아마도 7년 전쯤, 잠시였지만 나는 그의 어설프지만, 욕망이나 욕심에 가득한 사람들이 도저히 가질 수 없는 순수함을 보고야 말았으니 내 속 깊은 곳에 남아 있었을 것이고, 그 또한 나를 알고 있었습니다.

내가 지난 추억을 기억하는 건 쉬운 일입니다. 그때도 나는 아주 낯설었지만 그를 찾는 사람들이 안고 가는 것이 무엇인지 알았으니까요. 그는 명의이기보다 남의 이야기를 잘 들어주는 의사였습니다. 그와 이야기를 나누면서 어느새 나를 얽매이고 고통스럽게 했던 마음의 병이 스스로 치유되는 것을 경험했습니다. 어떻게 인간이 가진 욕심들을 저렇게 간단하게 내려놓을 수 있는지 지금도 다 이해할 수는 없지만, 그는 그런 것을 내려놓고 스스로 평온해 했습니다.

잠시 그가 따라주는 차를 마시며 그가 매끄럽지 않게 어설프게 이야기하는 말들을 들으며 너무나 기름진 문명의 틀에 젖어 살고 있는 자신을 벗어봅니다. 거실 창을 통해 너른 들판이 한눈에 보이는 것을 그는 여유로움, 허허로움의 미학이라 말했습니다.

그의 말대로 따라가 본 어설픔의 세계가 나를 쉬게 합니다. 저기 서성이던 봄 햇살도 나뭇가지 사이에 머물러 쉬고 있습니다. 곧 그 자리에 새잎들이 푸르게 돋아날 것 같습니다.

잠시 그가 따라주는 차를 마시며 그가 매끄럽지 않게 어설프게 이야기하는 말들을
들으며 너무나 기름진 문명의 틀에 젖어 살고 있는 자신을 벗어봅니다.

66 기름진
문명의
틀 99

# 빈들교회

새벽부터 잰걸음 걷던 바람도

대화공단 굴뚝 아래서 멈춘다

꼬막등처럼 등뼈 접고 잠들었던 칠레견습공 빤타레

물컹한 슬픔 안고 빈들교회로 간다

어쩌다 이 먼 곳까지 와 버린 것일까

처음 발 딛던 2년 전

가슴은 마냥 별빛으로 출렁였는데

손가락 두 개가 잘려나가고

여섯 달째 밀린 월급봉투는 아득히 표류 중이고

낯선 땅 서러운 노래 소주잔에 띄워 삭이곤 했다

눈만 감으면 두고 온 후타섬,

쪽빛 바닷물결 눈썹 가까이 밀려오고

그쪽으로 고개 파묻고

어설픈 기도문 통증처럼 뱉어내는

그의 이름은 외국인 노동자

거친 파도의 목청으로 울다 허리 꺾인 동료들처럼

그래도 또 다른 비상을 꿈꾸며

사장님 몰래 투서도 보내고
대사관 깃발 아래 탄원서 날렸지만
이유 없이 몇몇은 본국으로 쫓겨 가고
또 몇몇은 기어이 젊은 날개가 꺾여
상처의 휘장을 달고 추락해야만 했다

콧속, 까만 분진들
곰삭은 천식으로 쿨럭대고
허물어지는 그의 생도 먼지 켜켜이 쌓이는데
손톱 밑 때 절은 노동의 시간은
신음하는 그의 입술을 훔치고 흘러나와
하루 종일, 빈들교회 십자가만 축축이 적시고 있다

가끔 그 구멍 난 가슴 속으로 쓸쓸한 바람이 불고 또 다른 뜨거움이 그리우니…
이것이 욕망일까요?

　두 권의 시집을 내고 북 콘서트를 마치고 며칠은 한밤중
에 잠이 깼습니다. 눈을 감고 있어도 고마워 떠오르는 얼굴
들이 저 밤하늘의 별자리처럼 빼곡합니다. 어느 누구 하나
내게 소중하지 않았던 사람과 순간들이 없었던 것 같습니
다. 그리고 그들과의 인연들로 나는 풀씨처럼 어딘가를 떠
돌다가도 한 알의 씨앗으로 싹을 틔울 수 있었던 거라 생각

합니다.

그래도 제일 강하게 나를 응원했던 사람은 가족이었으리라 믿습니다. 늘 애잔한 눈빛을 보내오는 부모님과 내가 작아지지 않게 하려 제일 많이 마음을 할애했을 남편의 보이지 않는 기도를 압니다. 그는 내 글 쓰는 재주의 커다란 공로자입니다.

주말마다 일상을 벗어나 내가 계절을 느끼도록, 가슴으로 햇살과 바람의 이야기를 듣도록 얼마나 나를 끌고 다니며 자연의 아름다운 풍경을 보여주고 들려주었는지. 그리고 가끔 노을 속에 저무는 바다를 통째로 차려놓고 눈망울이 충분히 촉촉해지면 아무 말 없이 곁에서 잠시 떠나 나를 혼자 두는 법도 알았습니다. 그리고 술 한 잔을 권했으니 그는 나의 소녀적 감성을 잃지 않도록 만들어 준 사람이라 할 수 있습니다. 나는 차곡차곡 여행에서 돌아와 그 노을과 파도소리와 산새소리 모두 내 눈동자와 세포에 각인시킨 감동들을 소묘해 나갔으니!

그렇게 두 번째 시집을 내고 이젠 그 두 권의 시집을 묶어 북 콘서트로 활자 안에 갇혀있는 시어들에게 날개를 달아주는 공연을 했습니다. 시에 곡을 붙여 가곡으로, 뮤지컬로, 그리고 퍼포먼스의 날개를 달고 새로운 문화 장르에 도

전을 해보았습니다. 활자로 만나는 시가 퍼포먼스로 표현될 때 관객은 울먹였습니다. 눈물이 날 뻔했다고 고백합니다.

이번 북 콘서트는 연출과 출연을 맡아 새로운 시 표현의 지평을 열어준 아들(박현재) 덕분이기도 합니다. 특히 위의 시 '빈들교회'는 그의 시극과 함께 공연되었는데 관객들의 가슴을 눈물로 적셔 공감을 많이 받았다는 후일담이 있었습니다.

그렇게 용기를 낼 수 있었던 것 역시 예술에 젊은 감각이 있었던 아들의 역할임을 압니다. 나의 문학도 그랬으면 좋겠습니다. 새롭고 감동을 더 잘 전달하고 날개를 단 시 어들이 넘쳐나길 바랍니다. 나의 시가 그렇게 대중과 더 많이 호흡하길 원합니다. 그리고 이제는 색깔이 다른 세 번째 작품집을 준비하려 합니다. 칼럼도 쓰고 에세이도 쓰고 청탁해오는 원고들에 나의 인기라고 안주하지 않고, 잊혀진 작가가 아니라 살아있는 작가가 될 것 같습니다. 그래도 뭔가 허전합니다. 내 마음에 작은 구멍이 있는 것 같습니다.

가끔 그 구멍 난 가슴 속으로 쓸쓸한 바람이 불고 또다른 뜨거움이 그리우니… 이것이 욕망일까요? 어쩌면 세상은 안과 밖, 이렇게 이등분된 것이 아니라 욕심이라는 칠창으로 가로막혀 있는지도 모르는데 그냥 아니라고 도

리질 치는 것뿐입니다. 쉬이 받아들일 수 없지만 그 욕심
들을 발효시켜 목표가 되도록 그리고 그리움이 되도록 나
를 닦아야겠습니다.

# 세실 미용실

그녀의 꿈은 늘 더디게 자랐다
너무 일찍 교과서 밖으로 밀려난 이력서
열일곱 헤어디자이너의 꿈이
검지와 장지 사이에서
함부로 잘려나갔다

젖은 머리카락처럼
늘 축축했던 그녀의 경제, 오래도록
뜨거운 드라이어 바람에도
쉬이 마르지 않았다

하루 종일 손님들 머리를 감기며
염색약은 손바닥 지문을 지웠지만
아득한 꿈을 좇아
헝클어진 머릿결을 빗질하는 그녀,
다시 가슴속에다
모발 영양제를 듬뿍 바르며

푸석거리던 세월을 천천히 중화시킨다

세실 미용실 유리창을 타고
차르르 윤기 흐르는 어둠,
그녀의 이름표가
일찍 출근한 달빛 위에 걸려있다

어디든 다녀와야 하지 않을까 망설이던 하루였습니다. 무언가 깨닫고 마음과 어수선함을 정리하고 싶었습니다. 딱히 가고 싶은 곳이 있었던 것은 아니었어요. 그저 무더위와 축축한 장맛비, 그리고 원인 모를 짜증들에 지쳤나 봅니다. 아니 목젖에 그만 탁 걸린 그의 말들이 문제였는지도 모릅니다. 언제부터가 앞이 보이지 않는 안갯속에 서 있는 기분입니다. 그 때문인지 몸은 눅눅하고 무거웠습니다.

단 며칠만이라도 여기가 아닌 곳으로, 그러니까 '물금(勿禁: 아무것도 금하지 않는 세계)'이라는 곳에 가고 싶다면 그것이 헛된 꿈일까 나에게 자문해봅니다. 아무것도 나를 가두지 않는 세계에 가고 싶습니다.

실제로 양산에는 물금역이라는 기차역이 있습니다. 그곳까지 느린 완행열차를 타고 책 한 권을 천천히 읽으며 차창 밖을 휙휙 지나가는 것들을 물끄러미 바라보고 싶습니다. 그리고 언뜻언뜻 유리창에 비치는 내 얼굴과 눈빛을 맞추고 나와 이야기를 하고 싶었습니다. 반쯤 감긴 눈으로 졸다가 깜박 잠들었다 깨어나는 것도 좋겠습니다. 아무 생각 없이 멍하니 앉아 있으면 어떻겠습니까. 그냥 물금이라는 곳이 있다면 여행을 떠나고 싶을 뿐입니다.

그래도 떠나질 못했습니다. 생각만으로 훌쩍 떠나는 것은 참 어려운 일입니다. 가방에 책 한 권을 몇 번 넣었다가

꺼냈지만 결국 집을 떠나지 못했습니다. 그래도 뭔가 정리를 하고 싶었습니다.

그래, 뭔가를 알게 되고 깨닫게 되는 가장 빠른 방법은 역시 '책 읽기'만한 게 없다는 걸 믿어보려고 해요. 그런 생각과 의무감으로 다시 책을 폅니다. 그러면 지난번 그가 던진 날카로운 소리들이 완전히 소화는 안 되어도 책을 읽으며 마음을 달래다 보면 그런대로 오늘 하루를 잘 견딜 것 같습니다. 그래도 어딘가 나를 자유롭게 할 물금역으로 나를 떠나보내고 싶은 미련은 남아있습니다.

오늘따라 유난히 선풍기 바람보다 가을볕 실은 바람이 그립습니다. 이제 소슬한 바람 안고 아프지 않게 나이 들어가고 싶습니다.

# 12월

시린 마음의 뼈마디마다 한층 간격들이 벌어졌는지
대청호 물살 어울거림에 눈빛 스며들기 힘들다
저 그리움은 어디에서 흘러 내려왔을까
물빛에 헹구어보니,
내 몸 어디에도 삐걱대지 않는 곳이 없다
마지막 달력을 건너기 힘들다

현암사 절간에서 울리는 범종소리
나무들 다 벗은 채 산 아래로 내려오기 전에
너에게 가 닿을 수 있을까

나를 떠난 그대 가슴에

이 허허로움을

실을 수만 있다면

시들어가는 그리움

끝내 닿을 수 없는 너의 항구에

돛단배를 타고 남몰래 서성일 수도 있을 텐데

12월 저 질긴 겨울바람 질러와 내 몸을 열어도

아직 나는, 외로움을 고스란히 받아들일 내장이 없다

계절 탓일까요? 왠지 좀 싱겁게 산다고 생각했습니다. 그동안 일상의 자질구레한 곳에 너무 오래 머물러 있으면서 익숙함이 안정이라 생각했던 것 같습니다.

나이테가 53바퀴의 더께로 굳어졌으니, 새로움보다는 손에 익은 것들의 아늑함이 내 몸에 촘촘히 박혀있으니 변화가 그리 반가운 것은 아니겠지요?

특히 12월을 지난다는 것은 서툴게 지나온 기억들을 굽어보기 좋은 계절인 것 같습니다. 곤혹스러운 이질감이 내 삶의 좌표를 다시 흔든다 해도 나의 흠집을 살펴볼 시간을 마련해 주는 것 같아서요.

흠은 날로 각질화된 세월을 견디느라 생겨난 것 아닐까요? 누구나 평생 살며 한두 가지 흠을 갖지 않은 영혼이 어디 있을까마는 흠이 기어코 내면의 통점(痛點)이 되고 컴플렉스가 되는 것은 당연한지도 모르겠습니다. 그래서 이렇게 흠집투성인 나를 뒤돌아보는 시간을 주는 12월에는 꼭 만나고 싶은 사람이 있습니다. 상처가 많아 손을 잡아주고 싶은 사람, 후회를 많이 하는 사람, 서럽게 울고 있는 사람, 그런 사람들을 만나고 싶습니다.

아무 흠이 없다고 뻔뻔하게 우기는 사람보다는 제 영혼에 흠이 많다고 자신을 낮추는 사람, 그 사람과 오랫동안 만나고 싶은 날입니다. 벌써 만나고 계신다고요?

상처가 많아 손을 잡아주고 싶은 사람. 후회를 많이 하는 사람. 서럽게 울고 있는 사람.
그런 사람들을 만나고 싶습니다.

너에게

# 황태

대관령 황태 덕장에 걸린 명태들이여
두고 온 바다를 향해 아가미 벌려 고함쳐라
바다의 흔적은 삭풍을 견뎌야
산에서 비로소 깊어지는 법,
지느러미 꼿꼿이 세워 푸른 파도소리 쟁였다면
더 세찬 눈보라 몰아쳐야 그 몸 단단해지니
한기에 멍들어 얼었다 녹았다 족히
스무 번을 거쳐야 구수해질 것 아니냐

서둘지 마라!
그 몸 안 가득 끌고 왔던 심해의 기억들,
해풍에 말려 모조리 숙성시켜야
비로소 해독된 새 아침을 맞을 수 있으니

건조된 네 몸뚱아리 쫘악쫘악 찢기는 동안
저 동해바다의 등푸른 소리 싱싱하게 올려
만취한 누군가의 속 말갛게 풀어
발효된 내일을 건져올 수 있어야
네 목숨 귀할 것 아니겠느냐, 덕장의 황태들이여!

그해 겨울 첫눈이 내리던 날, 새벽이었지요. 그 시각 어쩌다가 잠이 깨어 첫눈을 보았습니다. 첫눈이 오는 날 소원을 빌면 이루어진다는 농담을 믿으며 이 또한 행운이라고 생각하고, 손바닥으로 그 차가운 것을 받아 가만히 쥐어봤어요.

모두 잠들어 있을 때 혼자 깨어 이런 광경을 취했던 그해 겨울엔, 시집을 한 권 더 낼까 생각하며 또 다른 글도 만지작거리고 있었거든요. 그땐 그랬던 것 같아요. 사회를 다 바꿀 큰 울림을 주는 글까지는 자신이 없지만, 그래도 어느 누군가에게 내 글이 감동이 된다면 얼마나 기쁠까 하는 정도를 기대하면서 말이지요. 의외로 아주 짧은 문장 하나가 가슴에 탁 걸려 삶의 깨달음으로 오는 때가 있더군요. 그래서 시를 쓰며 때로는 밤을 새울 때도 있나 봅니다.

요즘은 메일로 받아보는 좋은 글들이 많습니다. 한 편의 감동적인 시나 짧은 글들을 읽으며 느끼는 것이 많아요. 그래서 나도 내 생각을 나누는 짧은 글들을 지인들에게 보내볼까 생각했었지요. 매주 월요일마다 보내오는 분들도 있고 매달 보내오는 분들도 있습니다. 정치를 준비하는 분들이 자신을 알리기 위한 글이 대부분이라 안타깝지만 때로는 그들도 인간적인 고뇌와 가치 있는 생각들을 전해오곤 하더군요.

눈이 사락사락 내리는 먼 산골짜기를 떠올리며 아파트 벽 사이에 부딪히는 눈송이들의 춤사위를 올려다봅니다. 내가 쓰는 이 글도 저 눈송이처럼 누군가 마음속에 사르르 녹아들어 행복으로 젖어들면 좋겠습니다. 그런 마음으로 조심스레 펜을 잡곤 합니다.

# 삼성동 사람들

새벽마다 삼성동 골목에 두부 파는 종소리
어머니의 칼날 앞에서 예리하게 토막 난다

날카로움은 부드러움을 키운다
따끈함은 정사각형이다

노근한 함석지붕 아래
따끈한 두부 한 모 식구들의 하루를 데워준다
밥상 위 네모난 희망도 차려 먹고 기죽지 않는다

젖은 삼성동 골목길 사람들은
따끈한 두부 한 모로 배를 채우고
등을 펴고 출근을 한다

생각해보면 우리는 자기가 만든 것이든 남이 만든 것이든 수많은 제한에 길들여져 살고 있습니다. 제한한다고 하면 불편이 예상되지만 애달픈 것은 아닌데, 릴케는 이런 시를 썼습니다. 그는 "스스로를 걸어 잠그고 고독 속으로 들어가야 한다"고 노래하며 바로 이것을 제한이라 했고, 그중 가장 무서운 제한이 고독이라고 말했습니다. 이 시를 읽는 순간 나는 감탄 속에 마음이 고요해졌습니다. '스스로를 걸어 잠그고 고독 속으로 들어가야 한다'는 그의 시구처럼 가만히 앉아 나 스스로를 걸어 잠그고 잠시 고독을 느껴보았습니다.

현인들이 말하길 삶은 고독한 것이라 했는데, 그것을 다 알 수는 없겠지요. 하지만 또 한 살을 먹으니 삶을 느끼는 것이 어떤 것인지 그 뜻이 더 분명해지도록 고독해질 필요가 있다는 것을 알아갑니다. 삶의 거치대를 의미하는 것이 아니라 실제 삶의 중심을 이야기하는 것이니까요. 내 삶의 가운데, 중앙을 이야기하는 것이므로 모든 것을 걸어 잠그고 고독해질 때 내가 보이지 않을까 싶어요.

그런데 나이 들면서 이런저런 이유로 마음은 옛날 같지 않아 홀로 고독할 줄 모르고 삶의 중심은 주변 변두리로 퇴색되어 물러나는 것 같습니다. 어쩌면 중심에서 멀어진다는 것, 쓸쓸해지는 것, 그것은 자연스럽게 삶이 익어가는 것이라고 할 수도 있겠지요.

　음력 설을 지나야 새해가 시작되는 것 같은 느낌은 비단 저뿐만이 아니라는 것을 압니다. 새 마음으로 흐트러진 나를 가두어 고독을 즐길 줄 아는 능력도 생겨야겠지만 내 삶의 중심에 나를 세울 줄 아는 욕심을 부려봐야겠습니다. 올해는 책을 뒤적여보기도 하며 릴케의 시처럼 마음에 드는 시구는 밑줄을 그어 놓고 다시 읽어보려 합니다.